心、裸にしてみたら

片瀬紫央
Shio Katase

文芸社

未来に捧ぐ——

まえがき

現代社会において、不安や苛立ちを全く抱えずに生活しているという人はいないだろう。失業、失恋、失敗、将来への不安など、毎日の生活の中で何かを失い、不安とともに生きている人が多いはずだ。日常会話の中で、こんな言葉を口にしたり耳にしたことはないだろうか。「昨日の夜は眠れなかったわ」「最近どうも調子が悪くて、昨日なんてずっと家の中に引きこもっていたわ。憂うつで仕方ないの。やばいわ、やばい。買い物でもして、たまには自分へのご褒美をあげなきゃ、やってられないわ！　今夜、パアーっと飲みに行かない？」

言葉に出すか出さないかの違いはあっても、多くの人は憂うつな気分を抱えながらも、どこかで自己防衛をしながら、なんとか日常生活に支障をもたらすほどにはならないでいる。特に女性の場合はホルモンのアンバランスや、生理前に起こるなんとも表現のできない倦怠感《けんたい》に振り回されることもあるだろう。それでも何かのきっかけにより、自然と気持ちの持ちようで困難を乗り切って、毎日の生活を送ることができているのである。

喜ばしいことに、最近では心の病が雑誌やマスメディアなどによって取り上げられることが多くなり、専門医が書いた本も多く出ている。癒しの本や音楽なども、現代人が求めているのだろう、もはや必要不可欠なものとされている。しかしながら、うつ病という病については、どれだけの人が正確な知識や認識力を持っているだろうか。他人事のように考えているところはないだろうか。

そこで、この本を通して、みなさんに、うつ病という心の病が人一人の生命をも奪いかねない怖いものであることを、知ってもらいたいと思う。そして、普通の人が日常会話で気軽に使う単なる〝うつ状態〟とうつ病との違いを、どうか理解してほしいと願う。うつ病とは、その沈んだ気持ちがいつまでも治らず、日常生活に支障をきたすまでにひどくなり、自分を責め続け、全ての自信を失い、自分を苦しめるものなのだ。現実に、身体にありとあらゆる障害が起こる。ある段階を超えると、取り返しのつかない状態へと人を変えてしまう。

そういった心の落とし穴にはまる前に、どうか私の心の叫びを聞いてほしいと思う。

——あなたは〝無の状態〟を体感したことがありますか？

「春」という季節に恐れを感じるようになったのはいつからだろう。草花の生長や、木々の蠢《うごめ》く鼓動、それらの勢いを敏感に感じる度に、私の心はざわめき、自然の勢いに攻め立てられ、大きな唸《うな》り声が聞こえてくるように感じられる。春は私にとっての最大の敵となって、歳を重ねる度にその恐れは深まっていく。人間の感受性というものは、この世に生命を受けた瞬間から決まっているものなのだろうか。そして運命ではなく宿命とでも呼ぶべき選ぶことのできない環境の中に、私たちは生まれつく――。

幼い頃から家族との関係に翻弄《ほんろう》され続けてきた私。これまでの人生は、あるときから両親を憎み、〝育ての母〟である叔母（母の姉）を分身のように思いながら、自分自身の意思は持たぬままに生きてきた。

心を裸にし、自分の本当の姿を言葉で伝えたいという決意を胸にして、五年間勤めた外資系航空会社の客室乗務員（スチュワーデス）を退職し、新たな希望と不安を胸に日本へと帰国した。あることを決着したいという決意とともに――。

私には産みの親と育ての親と二人の母親が存在する。物心ついた頃から、育ての親である叔母の異常なまでの溺愛と束縛を受けて育ち、気がつけばアダルトチルドレン*となっていた。両親は自営業に携わり、多忙だったこともあって、身体の弱い叔母が私たち四人の子供を、身体を壊してまで、必死に育て上げてくれた。叔母は当時、十七歳で産んだ彼女の一人娘——私たちの従姉《いとこ》にあたる——と福岡で生活していたが、私の一番上の姉の面倒を見るために上京して来た。最初はすぐに福岡に帰る予定であったが、次々と私たちが生まれると、情が湧き、東京に残って私たちを育てることを決意したのだった。

叔母は若い頃、自分の子供を育てることをせず、一切の世話を私たちのおばあさん（叔母や私の母にとっての母親）に委ねていた。そんな叔母が私たち四人を育て上げたのだ。みんな口を揃えて言う。「自分の子供も育てなかった人が四人の子供を育てるなんて、不思議でたまらない」と。しかし、従姉はといえば、実の母からの愛情を受けないまま育ち、やっと実の母と一緒に生活できるようになっ

アダルトチルドレン（ＡＣ） 親の一方的な価値観、あるいは身勝手な振る舞いが子供に心的外傷（トラウマ）となり、その後遺症のために子供は自分の人生を生きることができなくなっていく。〝機能不全に陥った家庭〟に育ち、大人になった人間。（いくつかのホームページ上の説明を参考に、著者が作成した）

たときに、叔母は上京してしまったのだった。

私には姉二人と弟一人がいるが、その中でも叔母の私への扱いは明らかに特別なものであった。幼稚園時代の写真を見ると笑ってしまうものばかりだ。幼稚園主催の芋掘り遠足で私の髪にはリボン、そしてドレスを着て芋掘りをしている。後ろに写っている姉たちはTシャツに短パン姿。

私にだけ毎日かわいい服を着せ、「紫央《しお》はかわいい、かわいい」と何度も言うほどだった。叔母は毎日お昼にできたてほかほかのお弁当を届けてくれ、それが近所で有名になったりもした。子煩悩できれいな叔母は、私の誇りであった。叔母の言うことはすべてが正しく、決して間違っていないと、そんな風に感じていた。おかげで幼い頃の私は寂しい思いをすることは一度もなかった。

小学校に入ると、私は家族からしっかり者だと見られていた。そして気難しく、感受性が強かった。何かあるとすぐ左目の下に青い血管がピーっと入り、すべてのことが完璧でないと気が済まなかった。きれい好きな叔母もそんな私をいつも褒めてくれた。

生理に対して関心や憧れがあった。生理になれば女として何かが変わる。大人の仲間入りをする。小学三年生で初潮をむかえた私は、人と違うのだ、と誇らしげにいた自分を思い出す。

大人に憧れている私ではあったが、その気持ちとは矛盾した行動をとり、叔母にだけは甘えていたかった。中学を卒業するまで、私は叔母の腕に自分の腕をからめて一緒に眠ることで、確かな安心感を得ていた。しかし、成長していく私はいつしかその愛情を束縛と思うようになっていった。だが叔母は相変わらず私をまるで子猫をあやすかのように扱った。もちろん友達と遊びに行きたくても許してはくれなかった。「あなたたちを育てている以上、何かあったら私の責任になる。自分の実の娘を犠牲にしてまで育てているのだから」と言われると引け目を感じた。どうしても遊びに行きたくて、友達と約束があると告げると、叔母は一瞬にして不機嫌になり、その険悪な雰囲気に私は耐えられず、反抗することもなく、外出することをあきらめた。でもそのような環境は私自身が選んだものではない。叔母が選んだことなのに、それによって私たちが犠牲にならなければならないなんて――。

そのような束縛は受けていたものの、それは叔母にとってみれば、芯から心配をしてくれているわけで、叔母は私にとって一番の人であった。私と叔母の間には、誰も触れることのできない絆が確かに存在したが、そのような状況の中で、幼いながらも、両親、叔母、従姉のことを考えると、幼かった私は、自分の気持ちを抑えることを選択し、それを続けることで、気づいたときには本音を言うことは悪いことだと思うようになっていた。

二十四歳の冬、叔母の期待にやっと応えることができた私は、晴れて客室乗務員となった。叔母の夢は私たち三姉妹を客室乗務員にすることだったが、姉二人はその夢に応えられなかった。しかし特にやりたいこともなかった私は、ただ叔母の願いに応えるためだけに——自分の意思には反していたが——三年の年月をかけて夢を叶えた。内定をもらえたときには叔母の笑顔が私の気持ちを満たしてくれた。肩に背負った重たい荷物をやっと降ろせるという解放感と歓喜に満ち溢れた。そう、自分の希望する道でなくても必死に頑張り続けてこられたのは、確かに叔母の夢を叶えてあげるためだけだった。

内定がもらえるまでの間は毎年、新年を迎える度に「今年こそは夢を叶えさせてください」と神社で願うことが、私の初詣《はつもうで》の目的となった。夢とはあきらめた瞬間に、決して勝ち取れなくなってしまうもの。結果を出せなかったときには叔母は極度に落ち込んだ。しかし私には落ち込んでいる暇などなかった。

「もう、あきらめたら?」

という叔母からの言葉を何度待ったことか。しかし叔母は私を励まし続けた。私は勉強に打ち込むことで自分の気持ちを奮い立たせ、紛らわせた。それがいつしか生きる目標になっていった。そして三年後、やっと夢を叶えたのだった。

一月の寒いある日、夢を叶えた私は、日本から東南アジアへと旅立っていった。

各地から色々な経験を持って集まった同期たち。一ヶ月間、ともに会社の寮で過ごし、厳しい訓練を受ける仲間たち。まずは自分の住むコンドミニアムを探すことから東南アジアのその国での生活はスタートした。

アジアの熱風は心地よく、現地の物価は日本の三分の一だった。私たち日本人が新たな生活をスタートするには恵まれた環境であった。初めて訪れた国であったため、毎日予想外のことが起こった。銀行での手続きや電話線を引くことなどは、日本でだったら一日で済むが、この国では二週間くらいは平気でかかる。それは、現地人ののんびりとした生活リズムや宗教による休日の多さのせいで、手続きがなかなか進まないからだ。

夕方のスコールでどしゃぶりの中、タクシーもつかまらず、寮まで何キロもぬかるんだ道を歩いたこともあった。しかし何と言っても一番のカルチャーショックはトイレだった。ホテル以外にはトイレットペーパーはなく、トイレにはホースが取り付けられている。この国の習慣では一部の人を除いて、トイレットペーパーで拭くのではなく、ホースの水で洗い流すのだ。そのホースの汚いこと——。

それだけではない。豚は汚れたものだとされ、食される習慣がほとんどない。スーパーで豚肉を買うときは別のレジで、豚肉を食する現地人から買うのだ。最初のうちは日本との文化の違いばかり認識させられ、この発展途上国に対して、不安と苛立ちを感じた。

それでもしばらくすると、現地の生活に慣れていった。一ヶ月後、私は同期の涼子と共同生活を送ることにした。２ＬＤＫのコンドミニアムには、プライベートプール、レストラン、サウナなどがあり、全てが安全に管理されている。天井は高く、ベランダから見えるきれいな夜景と美しい緑。ストレスフルな日本を感じさせる要素は一つもない。

三ヶ月の厳しい訓練の中で、ルームメイトとなった涼子と毎晩、これまで歩んできた人生や恋愛について語り合った。田舎で生まれ育った涼子は大変な野心家で、「いつか世界中を駆け巡る仕事がしたい。自分は田舎の狭い世界に留まりたくない」と高校卒業後、ハワイへ渡った。私と同じ歳だったが、籠の中の鳥のような人生を送ってきた私と比べると、彼女はとても大人びていた。

私の場合、家族との問題を抱えながらも、周りにはいつも誰かがいてくれたが、涼子の人生はそれとは正反対だった。一人っ子で片親で育った涼子は、とても芯のある子だった。涼子は時折、寂しげな表情を見せた。私にはきっとない表情。それは一人で生きてきた強さと哀しみの証《あかし》のようなものだった。彼女はよく私に言った。

「紫央は大丈夫よ。その笑顔は優しさに包まれて育ってきた人の笑顔だわ。紫央はきっと幸せな星の下に生まれてきたのね」

彼女が素直にそう言うと、私には返してあげる的確な言葉が浮かばなかった。

三ヶ月後、新人乗務員として働き出して間もない頃、機内でアキオと知り合った。当時、私には日本に彼氏がいた。幸成だ。幸成とは長く付き合っていたが、どうしても超えられない問題を抱えたまま過ごしていた。私には彼の必要とする世界がどうしても理解できず、別れてはまた元に戻るという関係を続けてきていた。

幸成の私への愛情は計り知れないものだった。それはまさに〝無償の愛〟だったと言っていいと思う。私が日本を離れている間も、叔母と一緒にご飯を食べてくれたりと、私が叔母にしてあげられないことを毎日続けてくれていた。しかし、それでも私は満たされなかった。

感謝の気持ちはあるのだが、幸成への感情は恋愛ではなく、友情へと変わってしまっていた。アキオとの出会いは、そんな不安定な恋愛に終止符を打ってくれることになった。

フライト中、アキオは積極的に私に話しかけてきた。最初は「ただのうるさい客だわ」と疎《うと》ましく思ったが、何度もコールボタンを押し、コーヒーがほしい、紅茶がほしい、次は日本茶……と何度も私を席へと呼び出す彼の行動がおかしくて、サービスが一段落してから、しばらく彼と話すことにした。

「ごめんなさい。俺、一目惚れしちゃいました! あなたのその、人をじっと見つめる黒目がちな瞳に」

私はそんな風に言われることに慣れていなかったので、誰か他人のことを言っているように感じられて、ただの冷やかしだろうと受け止めた。機内で知り合って……なんてよく聞く話だけど、笑っちゃうわ。私はそう思った。

「私、日本に彼がいるのよ。それに、あなたは普段の私を何も知らないじゃない。いつもそうやって女の子をナンパしているの? きっとこの制服のせいね。あなたはこの制服に酔ってるだけなのよ」

「俺は本気だよ！　彼氏がいるなら二番手でもいいからさ。俺をただの旅行客だとは思わないでくれよ、今回俺、ゴルフのトーナメントで来てるんだけど、この国でプロの資格を取って、日本を離れてあなたと一緒に住むことで、日本だけでは体験できない経験を積みたいんだ。明後日試合があるんだけど、必ず勝って、あなたへの気持ちを証明してみせる！」

一目惚れにもほどがあるわ！　なんて軽い男なのかしら。そうは思ったが、三日間の試合日程で私の勤務国を訪れたアキオの情熱は、不思議と私の心の隙間に入り込んできた。私は気づかされた。恋愛に刺激を求めていたのだと。もしかして心を奪われたのかしら？　それは私が今までに味わったことのない溢れ出る感情だった。到着した晩、「あの人の声が聞きたい！」と思った私は、突発的な行動に出た。彼の滞在先のホテルを機内で聞いていたので、早速電話することにしたのだ。

「片瀬です。先ほどはご搭乗ありがとう。明後日は頑張って！　私の仕事は一期一会《いちごいちえ》が多いけれども、あなたには頑張ってほしいと思ってる。素直にそう言いたくて電話したのよ」

「えっ！　まさか電話くれるなんて！　ちょっと俺、動揺しちゃって。とにかく電話してくれてありがとう。俺、ほんとにあなたのことで頭がいっぱいで。もしよかったら、今から出てこない？　俺にとっては右も左もわからない国だから、案内してほしいんだけど」

ドキドキしていた。私は急いで支度をし、彼のホテルの近くのカフェで待ち合わせた。そのナンパな男は、会うと機内のとき以上に私を口説く。アキオの甘い顔と口説きを恍惚として聞き惚れ、私は女の顔にさせられていたに違いない。酔いしれていた。

試合当日、その人はちょっと知り合っただけの私のためにプレーしてくれているのだと思うと、知らず知らずのうちに祈っている自分がいた。まるで自分がプレーしているような、不思議で心地よい感覚を抱きながら、私は家中をあたふたと動き回っていた。

「俺、約束、果たしたよ」

夕方、早速アキオから電話がかかってきた。

「すごいじゃない！」

私の中ではすでに彼が〝私の一番〟になっていた。アキオは滞在を一週間延ばし、私たちは愛欲に溺れた。ひとときも離れず朝も昼も夜も愛し合った。それはまるで、生まれてから二十四年間離れ離れだった二人の時間を埋め尽くすための運命とも呼べるような一週間であった。

「〝俺色〟に染まってほしいんだ。買い物に行こう。紫央にプレゼントしたいものがある。甘い匂いの香水。きっとお前に似合うよ」

それは華麗に女を彩ってくれる、ＲＥＤ　ＤＯＯＲという名の香水だった。出かけるときはいつも私のクローゼットから洋服を選び、何度も着替えさせ、私がやっとアキオのお気に入りのスタイルになると、今度は私に合わせて自分の服をコーディネイトする。

　突然訪れた幸せに浸った一週間だった。人に必要とされることでしか自信が持てない私にとって、こんなにも幸せでいいのかと恐れを感じてしまうほどだった。一週間の滞在を終えると、彼は日本での試合と海外へ移り住むための準備のために、二ヶ月間の約束で日本へと帰っていった。空港までのタクシーの中。涙を吹き飛ばそうと窓を少し開けてみた。生ぬるい風は瞼《まぶた》を拭う。アキオは私を瞼の隙間からそっと眺めていた――。ぎゅっと手を握り合い、二人の気持ちを何度も確かめ、二ヶ月後の二人の新たな希望に満ちる幸せな生活を夢中で語り合った。その幸せに浸る一方で、私は幸成に別れを告げなければいけない……。

　一度ならず結婚まで考えた幸成に、どうやって自分の気持ちを伝えればいいのか。叔母と一緒にいてくれている彼に、どんな言葉でさよならを言えば許されるのか。幸成は私の両親が経営している店の従業員でもあったため、彼と私だけの問題ではなかった。私の一番の理解者でもある幸成。彼の私への愛情、私の彼への友情。それなのに、残酷な告白をしなければならない。

「うん。ああ。いいよ」

「えっ!?」

意外にも幸成はあっさりと私の心変わりを受け入れてくれた。幸成とは毎日連絡を取っていたからだろうか、この一週間の私の行動は全て見透かされていたような返答だった。

「いいんだよ。ただ、俺は紫央をずっと忘れることができないから、ずっと待っているよ。傷ついたら戻っておいで。そのときはしっかり紫央のいる場所を作って待ってるから」

「本当にそれでいいの?」

改めて確認した。もっと追いかけてくれれば、もっと感情を表現したらいいじゃない！　だから私は幸成への気持ちが友情へと変わっていったのよ。もっと心を揺さぶって！　そんなことも思ったが、いざ実際に罵倒《ばとう》されていたら、はたして幸成への気持ちは再び愛情に変わっただろうか？　自分はなんて身勝手な女なのだろうと思った。いずれにせよ、「さよなら」はいつだってお互いの心に痛みを残す。

二ヶ月後、アキオは約束通り戻って来た。夢と私を抱きしめるために——。アキオの夢は日本でツアープロになることだった。私は初めて人を本気で愛することを知り、自分ががむしゃらになって夢を勝ち取るまで頑張った日々を思い出した。夢は願えば必ず叶うことを知っていた私は、アキオにもその喜びを味わってほしかった。アキオはこの国で、生活のために仕方なくレッスンプロとして働き始めた。時間が縛られるので、ツアーに出るのも限られる中、懸命に生きている彼。そのひたむきな毎日を、私は仕事を続けながら支えた。

涼子と住むコンドミニアムから必要な物をスーツケースに詰め込んで、アキオの家と自分の家を往復する生活が始まった。フライトでアキオを一人きりにするときは心配で、まるで子供を置き去りにするような気持ちになった。日本線のときにはたくさんの日本食と、身体が資本である彼のために日本の薬を持ち帰り、アキオは練習と仕事に打ち込んだ。見た目が派手な私に、

「紫央は外面と内面が全く違うイイ女だな。俺の健康管理も食事も全てお前に任せたいよ」

そう言われる度にアキオに尽くす女でいることを楽しみ、喜びに浸る毎日だった。叔母からの溺愛を受けて育った私は、人を深く愛しすぎてしまうところがある。それが自分の幸せになるのだ。愛をあるがままの形で全力でぶつけることで、私は生きているという実感を得ていた。

最初はそれでよかった。アキオは英語も話せずに、初めての海外での生活を送っていたので、私の支えを必要としていた。もしかしたら私の愛し方は、アキオが必要としている以上に深くなっていたのかもしれない。アキオからの愛情を感じる度に、その幸せに浸りながらも、どうしても恐れてしまうのだ。自分の人生で、こんな幸せはどこまで続くのか?――と。人は幸せ過ぎると、どうして不安になるのだろうか?

この国に住み、客室乗務員という接客の仕事をすることは、もしかしたら私の天職なのかと思えるくらいで、その道に進ませてくれた叔母には感謝していた。夜、外出しても誰にも何も言われず、同期にも恵まれ、現地人たちの心は温かい。それに何よりも私にはアキオがいる。初めての自由。それなのに、ふっと灰色の時間と空気が襲ってくる。

二十歳の頃から突然呼吸がおかしくなり、家族のことを思い出したり、プレッシャーを感じたり、特に仕事で自分の思いどおりに物事が運ばないと、胸がどきどきし始め、呼吸が乱れたことがあった。アキオのことは信頼していたが、自分の抱えている家族の問題を彼に打ち明けたところで、解決できるとは思えなくて、できるだけ忘れようとした。成人した大人が、幼い頃の思い出にこだわっているなんて、意味のないことだと思ったし、恥ずかしくもあった。

それでも、今一番そばにいるアキオがもし理解を示してくれたなら、私の過去は全て消化されるのではないか？　そんな期待を彼に対して抱いたのも事実だった。思い切って打ち明けてみようか。でも理解してもらえるのだろうか？

「ねえ、アキオ。アキオはどんな家庭で育ったの？」

「俺はずっと親父にゴルフを教えてもらってきたよ。まあ、金も掛かるしね。でも俺は俺のやりたいことをやりとげたいし、それでいいんじゃないか」

「私はね、今の仕事、とても好きよ。色々な国に行って、帰ってくればアキオがいてくれる。でもね、私の家族、複雑なんだ」

「誰でも色々あるでしょ、そんなことで悩んでもしょうがないって。お前が幸せなら、家族も幸せなんじゃないの？」

「でもね、呼吸がたまにおかしくなるの。それって何なんだろう？不安でね」

　アキオは不思議そうに私を見た。そして私にとっての切実な相談事は、アキオにとっては関心のないことだということは、欠伸《あくび》をしながら聞いている彼の態度や言葉が物語っていた。

　人は、そばにいてくれる人に自分をわかってもらおうと期待する。こうして、また一つ心にヒビが入ったのだった。当時の彼には私の気持ちを理解できる余裕がなかったのだろう。それ以上、アキオの方から話を聞き出してくれることはなかった。国に少しずつ慣れ、懸命に生きているアキオにとっては、そんな話はやっかいなだけだったのだろう。話すべきではない。私はまたその話を心の片隅にしまい込んだ。

毎朝アキオは五時に起床して練習に向かう。私は真夜中に突然襲ってくる過呼吸をとにかく抑える。静かにしなくてはアキオを起こしてしまうからだ。寝室をそっと離れ、リビングでビニール袋を使い、呼吸を抑えようとするが、焦れば焦るほど一向に止まらない。

「助けて！　苦しいの！」

ここは日本ではない。そのときはアキオにすがるしかなかった。

「自分の身体くらい自分でコントロールできないなら、薬をもらいに行っておいでよ。そうじゃなきゃ、この部屋から出ていってくれ」

そうやって二人の間に亀裂が生まれた。きつい言い方だった。確かに私は自分の身体をコントロールできていない、そしてアキオに迷惑をかけてもいる。私の存在はアキオにとって重たいものへと変わっていたのだ。それでも一度愛すること、支えることを生き甲斐にしてしまった私の愛情は、歯止めがきかなくなっていた。
人間は自分の行動を客観的に捉えられない生き物だ。そんなとき、人生の軌道修正をしてくれるのは女友達だ。見るに見かねた涼子は
「尽くし甲斐のある男と、そうではない男の区別くらい持ったら？彼は紫央のことより自分のことで精一杯なのよ。紫央にはもっと包容力のある男じゃないとだめなんじゃない？」
女友達のアドバイスは貴重だ。客室乗務員という肉体労働の仕事をこなし、帰ればアキオのために自分の全ての時間を費やしていた私が、身体を休められるのは唯一、仕事先のホテルに滞在しているときだけ。確かに疲れは溜まっていたし、もっと自分の時間を大切にしなくてはいけないこともわかっていた。でも、そんなことはどうでもよかった。アキオと一緒にいられればそれでよかった。純粋に、ただ純粋にアキオと歩んでいきたかったのだ。

でも、うまくいくはずはなかった。不安は現実のものとなった。アキオは変わってしまった。いや、アキオを変えてしまったのは私だったのかもしれない。あっという間に、二人の関係はガタガタと崩れていった。どんなにひどい、つれない態度をとられても、私はアキオから離れまいとして、必死で追いかけた。女はせっぱ詰まるとすぐに別れを口にしてしまう。でもそれは、本当は別れたくないから。相手の気持ちをただ確かめたいだけの口癖のようなものなのに……。

ある晩、夕食を終えると、勇気を振り絞って言ってしまった。

「別れましょう」

アキオは1時間ぐらいじっと黙り込み、一点を凝視した後、涙を流し始めた。男が泣きじゃくるのを見たのは初めてだった。まさか泣くとは思っていなかった私は、涙を流すくらい私のことを真剣に考えてくれていたのかと思った。これで自分が発した言葉は消え去るのだと勘違いし、安心し始めた。やり直せるんじゃないかという期待感も生まれ、傲慢《ごうまん》なことに、アキオが私にすがりついてくる姿さえも脳裏に浮かんだ。ところが、

「わかったよ。そうしよう。紫央が決めたんだからしょうがないよ。今夜が最後だね」

「……」

打ちのめされた。アキオは涙を拭うと、黙って一人で寝室に入っていった。私は後悔の念にかられ、二人の楽しかった日々を繰り返し思い出しては、泣き崩れた。そして朝までベランダにいて、ただ呆然と見慣れた景色を眺めていた。とても仕事に行ける状態ではなかった。会社に連絡を取っていると、アキオが起きて来た。

「おはよう！」

私は元気一杯に平然を装い、いつもと変わらぬ朝を迎えようとして朝食を作り、何事もなかったかのように演じた。

「ご飯冷めないうちに食べて」

声が微《かす》かに震えた。昨晩の涙のせいで目を腫《は》らしたアキオは私の不器用な行動を全て無視して支度を続けた。

「昨日は早とちりしたね。私たちこれからよ。昨日のことは忘れましょう」

そうやってすがりつき、哀願し続けたが、アキオの気持ちに変化はなかった。

「もうやめよう。俺、仕事行くから。お前こんなんじゃ仕事行けないだろ」

「うん。今日はお休みするわ。そばにいたいの、お願い！」

突然、私は台所で包丁を握りしめ、アキオを引き止めようとした。

「私、今日から変わるから……お願い」

それはまるでコメディーの一場面のようだった。包丁を握りしめながら「変わるわ」と言っている私。自分のとっている行動が相手の気持ちをどんなに遠ざけているか、わかっているのに、他にアキオを引き止める方法が浮かばない。パニック状態だった。包丁を取り上げることもなく、朝食も食べずに支度を続けるアキオ。

「昨日のことは現実なんだ。もう気持ちは決まったんだから」

閉まるドアがスローモーションのように見えた。包丁をひたすら握りしめていた。そのまま、気がつくと夕方になっていた。荷物をまとめて自分の家へと帰った。

これからは一人で生きていかなければ。アキオと過ごした数ヶ月は夢だったかのように消え去った。

それでもアキオとは時折連絡を取り続けた。アキオは会うと私の躰《からだ》だけを求めた。

「俺たち、日本にいたらこんな風になってないよな。腐れ縁みたいなものだな。お互いに歳とって偶然では絶対に会わないような、例えば砂漠の真ん中とかで出会っちゃうような、ね。俺の前世にもお前はいたんだろうな」

腐れ縁……。どんなに腐っている縁でも、つながっていればよいとまで思う愚かな女になっていた。別れた二人は会えば会うほどわだかまりと虚しさが生まれる一方だったが、アキオも私に情が残っていたのか、いつしかよりを戻し、ただのＳＥＸフレンドではなくなっていた。

しかし、いつまた壊れるかわからない二人の関係は、細く短い糸のようで、つらさを抱えてはいたが、それでもアキオと一緒にいられるのなら、私は立っていられた。いつかお互いの気持ちが噛み合うときが来る。そう信じていた。

一年が過ぎ、二人の関係がやっと落ち着いたと思ったとき、決定的なアキオとの別れが訪れた。違う女に全てを奪われたのだ。躰のつながりだけを支えにアキオといた私。アキオの気持ちは本物ではないことはわかっていた。彼はただ私の躰が好きなだけだったのだ。

また思い知らされた――躰だけが私の武器だったということを。それなのに、その躰でも別の女に負けてしまうなんて……。激情に駆られた。

人を愛するということは、なんていとおしくも残酷なことなのだろう。きっとアキオに捧げる時間に酔いしれ、知らぬ間につらいことさえいとおしくしてしまったのだろう。二十六歳の夏。何も成長を遂げないままに終わった恋愛。その恋愛で私は何を手に入れたのだろう。あっけない幕切れだった。最後の電話で、破裂寸前の気持ちを抑え、私は言った。

「今までありがとう。楽しかったわ」

それが私の精一杯の最後の愛情表現だった。初めて出会ったときのときめきを思い出し、二人で過ごした日々を思い返し、混乱の中、どうにか優しさの言葉にすることで自分をいたわった。愛の不毛。不徳の念。誰でもいい。空虚さですっかり枯渇《こかつ》してしまった自分の心を埋めなければ。あの人に連絡してみよう。

デビッドはそんな私が苦しんでいるときに、ふっと現れた。当時、激しい過呼吸に襲われるようになり、病気への危機感を感じていた私は、日本の病院へ行く必要性を感じていた。そこで休暇を取って日本に一時帰国することにしたのだが、そのフライトの機長がデビッドだった。

一度、一緒にロサンゼルスまでフライトしたことがあったが、そのときにはなんとも傲慢で仕事に厳しい男だという印象しか持たなかった。客室責任者（パーサー）は私と何度かフライトをしたことがある人で、その日はファーストクラスにお客様がいなかったこともあり、私に席を用意してくれていた。

機体が安定すると、デビッドは食事を取るため、ファーストクラスにやってきた。私は彼を見るなり、前回のフライトでのいやな印象を思い出し、できればかかわりたくないと思った。しかし、デビッドの方は私のことを全く覚えていなかった。久しぶりに会ったデビッドは、私の目には全くの別人に映った。デビッドは自分の食事を持って私の横にすっと座り、話しかけてきた。

「少し疲れたの。大好きな叔母に会いに行くのよ。最近叔母の病気が進行していてね、一緒にいてあげたいの」

「何か飲むかい？　今日の飛行は快適かな？」

「ええ」と答えると、乗務員に注文してくれた。

シャンパンとアペタイザーが運ばれると、デビッドは「ＣＨＥＥＲＳ！」とウインクをした。シャンパンとミネラルウォーターで乾杯をした。

「ちょうど一ヶ月前に僕はマザーを亡くしてね、きっと君の叔母さんは今日ハッピーだよ」

それからも7時間のフライト中、デビッドは私の席に何度か足を運び、最後にはこう言った。

「大切なことを聞かなければ、君の名前は？」

「紫央よ。前にロサンゼルスまでのフライトで一緒に仕事したわ。覚えていないのね。今日のあなたは全くの別人に見えるわ。あなたは次に私の電話番号を聞くのでしょ？」

デビッドははにかむと、

「君のリクエストに応えて番号を聞こう。東南アジアのこの国では、君はきっと日本人ばかりの小さな世界にいるんだろうね。もっと君の知らないことを色々と教えてあげられるよ」

現地の乗務員が日本の女にとても興味を持っていることは知っていた。このような会話はフライトの度に日常的に交わしていたが、デビッドには何か特別なモノを感じた。前回のフライトでの厳しさを思い出すと、全くの別人ぶりに微かな興味でも湧いたのだろうか。

「捨てちゃダメよ」

そう言って電話番号を渡すと、デビッドはおどけてみせて

「君はユニークだね。きっと電話するよ。君の笑顔がとても素敵なことを君は知ってる?」

アキオとの恋愛で自信をなくしていた私は、その言葉に嬉しく反応していた。優しさの言葉を残してくれたデビッド。

日本に帰国し、久しぶりに叔母と再会した。とても老けたように見えた。叔母は数年前から膠原病《こうげん》にかかり、リュウマチにひどく苦しめられていた。そして、C型肝炎にもかかっていた。今はもう、幼かった私のためにお弁当を作るという楽しみもない叔母は、痛む身体を駆使して、私が一番好きなお豆腐と油揚げのお味噌汁を作り、準備して待っていてくれた。

叔母は私の来訪を喜んでくれたものの、私が病気の話をすると、耳を傾けようとはしなかった。当時の私は過呼吸が頻繁に起こって

いたが、それはストレスから来るものだと甘く考えているところがあったし、幼い頃の記憶を思い出すことからも逃げたかった。世間体を一番気にする叔母は、私が心療内科に行くことにためらいを感じていた。

紹介を受けた大学病院の受付に行くと、そこにはそれまでに見たことのない雰囲気が漂っていた。この場にいなければ心に病を抱えているとは思えない普通のサラリーマン。深く首を傾《かし》げ、髪で顔を隠す少女。今にも倒れそうなくらいになりながら、お母さんに支えられて歩く骨と皮だけの女の子。泣き叫ぶ少女。私は場違いな場所に来てしまったのだろうか。

もしかしたら目の前にいる人々は私の将来の姿なのか——。不安がよぎった。長い時間待たされ、血圧を測り、名前を呼ばれ、診察室に入った。そこには白衣を着た無表情な先生がいて、私の顔を見ることもなくコンピューターに向かい、「では座ってお話しください」と言った。私は過呼吸や幼少の頃の体験を思いつくまま淡々と話した。信頼のかけらもないこの狭い空間で。

「自律神経失調症とうつ病です」

それだけ言われると、何のアドバイスもなく退室し、薬をもらって帰った。自律神経失調？　うつ病？　私うつ病なの？　うつ病ってどんな病気なの？　当時の日本でうつ病というと、まだ精神異常者のように見られる傾向があったように思う。私の病気はあの待合室の人々とどんな違いがあるのか。そう思ったが、大学病院の流れ作業への憤りを「どうせ大したことはないわ」という言葉で封印した。そしてもらった薬を駅のホームのゴミ箱に投げ捨て、それと一緒に自律神経失調も、うつ病も、病院の流れ作業も、全て捨てた。

それからの三年間は、仕事にやり甲斐を感じる機会が以前より減っていった。それでも一度仕事に入ると必要以上に笑顔で働き、家に帰ると制服を脱ぐこともないまま、

「さっきまでの私は誰だったのだろう」

と自問自答していた。まるで自分が二人存在するような静と動のギャップをどう理解し、消化していけばいいのか、わからなくなっていた。

今思えば、その感覚は、すでにうつ状態であったのかもしれない。涼子は現地人の彼と暮らすようになり、私は一人で暮らしていた。デビッドからは何度か連絡があったが、嘘を並べ、誘われる度に断っていた。私は、終わったはずのアキオとの恋愛にまだしがみついていたのだ。

当時、アキオのことを考えない日は一日もなかった。アキオに会いたい――。アキオの電話番号を押す勇気もなく、真夜中、突然思い立ち、タクシーでアキオのコンドミニアムを訪れ、部屋の明かりが灯っているのを確かめると、タクシーから降りた。二人の思い出が詰まった部屋を眺めては、もう戻れないという現実に涙を流し、自分の家へと引き返した。通い慣れたこのハイウェーからの景色――。アキオの家へと向かう間、そびえ立つビルは温かく映ったが、帰り道に見る景色は、同じはずなのに全てが灰色で凍《い》てついていた。

デビッドに会おう――。二ヶ月ほど断り続けていたデビッドからの誘いに応え、デビッドに会うと、ジャズバーで酔いしれた。デビッドは不思議と私を落ち着かせてくれた。気づくとデビッドの指に触れ、そっとキスを交わしていた。デビッドにアキオへの想いを話すと、

「僕はそんな君の幼い恋に、ジェラシーを感じる資格はあるの？」

デビッドの問いかけに戸惑いながらも、

「もう少しそばにいてほしいわ」

そう答えると、私の部屋へと向かった。泥酔していた私は記憶こそあるが、何の恥じらいもなく彼に抱かれた。デビッドの愛撫は激しく、私の躰中にうっ血の跡が残るほどだった。デビッドはそっと

キスをすると帰っていった。

朝、目覚めると痛みが躰全体に回り、鏡の前に立つと紫色の痣《あざ》だらけの躰にいやらしさを感じた。急いでシャワーを浴び、痛みをこらえながら必死で洗った――汚い女の躰を。デビッドに嫌悪感を抱きつつも、それからもデビッドからの誘いを断らなかったのは、あの痛みを欲している自分がいたからだった。それでも何度かデビッドの友達を交えてクラブで踊り明かしたりして、彼は私を暗闇の殻から脱出させてくれた。

デビッドは私の突拍子もない行動に戸惑いながらも、必死で理解しようと努めてくれた。突然はしゃぐ私。突然黙り込む私。気づけばデビッドは私の心の支えとなっていた。そしてデビッドを知れば知るほど、私の恋愛に「尊敬」という新たな文字が加わっていった。初めて尊敬できる男を知った。私はそれまでの恋愛で、尊敬を求めたことは一度もなかった。愛することだけを求める私の恋愛方程式は変化を見せた。強い男はもろい女に魅力を感じるのだろうか。

「あなたはどうして、そんなにいつも堂々とたくましく生きているの?」

「この国で差別を受けながら育っていくには、強くなければやっていけないんだよ」

デビッドはスパニッシュとアメリカインディアンのハーフだったため、人種差別を受けながら育ったのだった。そんなことをさらっと口にする人の前では、私はただの間抜けな日本人だった。デビッドは、頭を下げて歩いていても、胸を張って歩いているように見えるような人。

会社で確固たる地位を築く過程にはどれほどの努力と屈辱を受けながら、それに耐え抜いてきたことか。人種差別のほとんどない国で育った私には、それは計り知れないものだろう。自信に満ち溢れているデビッド。クラーク・ゲーブルのような甘い笑顔と優しく大きな腕で、泣いてばかりいる私を強く包んでくれた。

デビッドのSEXは激しかったが、優しさが溢れていた。その太い腕に寄り添い、私の肌が触れる度に、女として生まれてきたことに喜びを感じた。デビッドの肌は温かく、抱きしめられる度に絶頂を迎えた。一秒でも長くデビッドの腕に私の腕をからませていたかった。

「愛してる。ねえ、愛の言葉を耳元でささやいて」

こんなに愛を感じているのに、あなたは決して愛の言葉を口にしてはくれない。

「言葉にしたら、シオサンを裏切る言葉になってしまうんだよ。こんなに君を理解している僕の行動を見ていれば、その言葉を言う必要はないんじゃないか？　言葉にするのは簡単だし、君は喜ぶよね。でも、それは誠実ではないんだ」

あなたには守るべき家族がいる。I　LOVE　YOU——それは一生あなたの口から聞くことのできない言葉。でももし一度でも聞いていたら、私はデビッドをこれほどには尊敬できなかっただろう。日本では、「愛してる」という言葉は愛情を表現する言葉として、当たり前のように使われている。もしかしたら「好き」という言葉との区別すら知らないまま、恋愛や不倫をしている日本人も多いのではないか。私はその言葉の重さと深みをデビッドから教わった。

二十歳の頃、アメリカ人のクリスと付き合っていたことを思い出し、クリスからの手紙を読み返してみた。そこにはたくさんの「愛してる」が綴られていた。彼にも妻が存在していたが、私はそのことを知らないまま付き合い、妻が私の存在を知ったときに私も妻の存在を知ったのだった。私が着信記録を残した携帯を、その日はたまたま妻が持っていたのだ。「もしもし」見知らぬ女の声だった。「そこにクリス、いるでしょ、電話かわって」

何がなんだか、さっぱりだった。彼女？　二股？　そんな言葉が脳裏に浮かんだ。

あたふたとしながらクリスはその女と話し、電話を切ると、「妻に会ってくれ」と一言。

「妻になんて会う必要はない」と何度もクリスの引き止める手を振りはらったが、そうこうしているうちに彼女は私たちの前に姿を現した。

想像していた女と違う……。私は電話の声から、その女を派手で背のすらっとした女だと想像していたのだ。が、目の前にいるその女は、おかっぱの黒髪でとても小さく、少女のようだった。銀座にクリスと私を呼び出した彼女は、喫茶店に入ると言った。

「お願い。私からクリスを取らないで！　あなたは今日までどれくらい彼を愛してきたの？」

私は半年もの間、クリスが独身だとばかり思い込み、楽しい日々を過ごしていたのだ。でも突然訪れた修羅場。

「私は彼のこと、とても好きよ。半年も経ってから突然、今日あなたの存在を知ったのよ。奪うなんて、そんなこと。わけがわからないわ」

それからクリスと彼女は喧嘩を始めた。私はただこの夫婦のいざこざに巻き込まれただけだったのだと知ると、席を立った。なんて馬鹿馬鹿しい。すると彼女は泣きながら、私に優しくこう言った。

「あなたはまだ彼を愛していないわ。彼への気持ちが深くなる前に消えて。それはあなたのためでもあるのよ。私は二度も流産をしたの。彼を愛しているの。お願い。もう二度と彼とは会わないで」

公《おおやけ》の場で彼女は私に土下座までしてみせた。

「知らないわ」

私は走って有楽町駅へと逃げた。追いかけてくるクリス、クリスを追う妻。クリスは私が乗り込んだ山手線の車両に滑り込むと、

「嘘をついていて悪かった。君を愛しているんだ。どうか信じてほしい」と言った。

それ以来、彼とは会っていない。私の実家の住所を彼に教えていたため、未だにクリスからの手紙が届く。妻とは離婚したらしい。でも私にとってはもう遠い昔の出来事。彼女は今、どうしているのかしら?

あの懸命で無様だった姿が蘇る。二十歳の頃の私にはわからなかったことをデビッドから教わった。そしてクリスが私を本当に愛していたことも、今の私にはわかる。

デビッドと会えるのは月に一度程度。多くても二度。私の部屋で数時間過ごすだけ。時はあっという間に過ぎていく。デビッドはどんなに酔っていても泊まっていくことはなかった。毎回彼を引き止め、懸命に引き止めようとする私を、彼は笑顔で慰めた。私は彼の車が消えていくまで、ベランダから祈りを込めて彼の名前を呼んだ。

２００１年９月11日の同時多発テロ当日、私はたまたまアメリカにいたので、そのときの話をしよう。成田新東京国際空港からロサンゼルス国際空港へと向かうフライトに乗務していた私は、午後二時にロサンゼルスに到着すると、いつもと変わらぬフライトを終え、空港近くのホテルへと向かった。二泊三日の滞在予定で一緒に乗務してきた日本人乗務員四名と打ち合わせをしてから、それぞれの部屋に入った。部屋から次々と着陸していく飛行機が見える。ゆっくりとお風呂に浸かり、夕方眠りに着いた。

真夜中、時差ぼけが直らず、ふと目覚めてしまったので、ＴＶをつけると、とんでもないことが起きていた。ＴＶに映る光景に目を疑った。そう、ニューヨーク同時多発テロの映像。世界中の誰もが思っただろう。ニューヨークならではのジョーク、あるいは新作の映画にちがいない、と。

でもニュースの報道番組は終わることはなかった。これは現実なのだと気づいた瞬間、私はこのテロが起こっているまさにその国に、自分が滞在しているという現実を再確認した。

翌朝、乗務員全員がロビーに集合し、今後の滞在予定についての説明を受けた。出発の日程は不明。特に私の勤務していた航空会社はイスラム教を信仰している乗務員が多かったので、ホテルの対応も、空港での対応も差別そのものだった。日本人の私に対する対応も、現地人乗務員に対するのと一緒だった。初めて受けた人種差別。

ニュースでは次はロサンゼルスが襲撃されるなどと報じており、ありとあらゆる恐怖をあおる報道が流されていた。部屋の窓からの景色は閑散としていた。あれだけの飛行機が到着していた空港なのに、今は空から一機も飛行機が見えない。

不安で一日に何度も日本の家族に電話をした。結局ロサンゼルス国際空港が再開したのはそれから三日後であった。しかし私たちの順番は一番最後に回され、一週間後になってやっと、無事成田へと向かうことを許された。

客室乗務員という仕事は、一見華やかな印象があるかもしれないが、それは空港を歩いている姿だけだ。機内に一歩足を踏み込むと、人の命を預かる仕事であり、ときには保安要員、ときには救急看護要員となるので、自然と気持ちが引きしまる。お客様が全員ご搭乗され、ドアが閉まり、離陸すると、そこは何が起こっても逃げられない密閉された空間となる。笑顔で接客しているときには気がつかないが、気圧や気流が変化する中で仕事を終え、無事にホテルに到着すると、心身ともに疲れを感じる。

特に、この同時多発テロ以降は、成田に到着するまで、普段よりもっと乗務員としての責任感を強く持って働いた。こんなに責任の重い仕事を私が五年間も続けられたのは、他でもない東南アジア独特のストレスのない生活と自由があったからだと思う。私を心から信頼してくれる同期、それに現地人は皆、優しかった。彼らののんびりとした生活に助けられていた。

しかし、入社四年目のある日、機内にいた私は突然歩くことができなくなった。診断によると椎間板《ついかんばん》ヘルニアだった。もともと分離すべり症という腰痛を抱えていたので、また一つ、腰に負担をかける病気をわずらってしまった。それと同時にうつ症状がひどくなっていく自分を止めることができなくなっていた。

時間への強迫観念もますますひどくなった。仕事に行く前は三時間前から準備をし、一時間で支度を終えると、残りの二時間はひたすらタバコを吸い続け、どうにか仕事モードに切り替えようとする。機内で働いている活き活きとした自分を繰り返し思い出し、制服を着ると、鏡の前で凛《りん》とした表情と笑顔を作った。

四年もフライトしていれば、一度機内に入れば自然と体が動き、現地の乗務員とも楽しく仕事ができることはわかっている。しかし、コンドミニアムに乗務員専用の空港までのバスが迎えに来ると、まるで護送車に乗せられているように感じ、ひたすらマニュアルを読み返し、呼吸を整えた。そして過呼吸になる度に、叔母の顔や両親との幼少の頃の記憶が心をざわめかせた。

特に父に対しては特別な思い入れがあり、言葉で伝えられないことを手紙に書くことで紛らわせていた。一度は書いたものを渡そうとまで考えたが、大人になった私が幼少の頃の記憶に悩まされていることを、今さら年老いた父や家族に伝えることは恥ずかしいことだし、とても残酷なことであると思い、やめた。

父との甘く切ない思い出。大好きだった父。それは私が小学校二年生のときの思い出だ。30㎝の物差しを学校から支給され、次の日までに親に名前を書いてもらうことになった。私は学校に登校する前に店に寄った。忙しく働いている父に、名前を書いてもらいたいたかったのだ。

「パパ、この物差しに名前を書いて！」

そう言うと、父は忙しい中、「よし！」と笑顔で嬉しそうに書いてくれた。その日、私は日直当番だった。前に出ると朝礼の挨拶をし、それから先生がみんなに物差しを出すようにおっしゃった。私は当時とても活発な女の子で、父の書いてくれた物差しを自慢げに高々と掲げた。

「お前の親は漢字も知らねえのかよ！　なんだよ、その汚い字！」

一番前に座っていた男の子が小さな声で言った言葉が聞こえたとき、一瞬にして私の脳裏に父の姿が蘇った。私はみんなの前でただ泣くことしかできなかった。先生や友達にわけを聞かれたが、絶対に言いたくなかった——父の働いている姿と笑顔が次々と浮かんできたら、泣きたくなったのだということは。

普段は何があってもリーダーシップをとり、クラスのまとめ役だった私の泣く姿に、みんなは驚いていた。それ以来、その物差しは私の宝物になった。誰もがこのようなほろ苦い経験の一つくらいはしているだろう。私もその後、普通に両親と一緒に過ごしていれば、忘れてしまうくらいの小さな思い出になったのかもしれない。でも私の場合、思い出が少ない分、些細な出来事を鮮明に記憶しており、こだわり続けているのだ。

私はようやく、日本で、掛かりつけの心療内科を見つけることができた。先生は私の話をただ頷いてじっくり聞いてくれた。しかし診察は日本に帰国したときにしか受けることができない。その状態が一年間続くと、私はいつしか退職しようと考えるようになっていた。東南アジアのこの国に留まっているのは、デビッドに会いたいという気持ちからだけだった。

私はフライトから帰ると、シャワーを浴び、夜通し真剣に退職について考えた。客室乗務員になるまでの苦悩の日々、厳しい訓練の思い出、初フライトの緊張感、この国で出会った人々。私にたくさんの喜びを与えてくれた親愛なる同期たち。思い出せる限りの出来事を振り返った。やはり、私は日本に戻り、家族としっかりと話し合わなければ——。そうしなければ、この先の自分の人生に疑問を抱きながら生きていかなければならなくなる。そう思った私は退社を決意した。

デビッドは私の決断を前向きに理解してくれた。

「私、日本に戻って両親の経営する店で働いて、将来は自分のレストランを持ちたいの。私はこの仕事で、接客について多くのことを学んだわ。きっと夢を叶えるから」

デビッドには私と両親との関係について、少し話したことがあったが、彼に話したことが私の日本へ帰る本当の理由ではないことは

伝えなかった。デビッドは大きく頷くと、
「これからは、フライトであちこちに行く度に絵葉書を送るよ。シオサンと一緒に色々な国を旅するような気持ちでね。たくさんの絵葉書を送ってあげることが、君を救うために僕がやってあげられる唯一のことになるのか……。日本へのフライトが入ったら必ず会おう」

仲のよい同期たちは私が突然退職を決意したことに驚き、なんとか引き止めようとして懸命に説得してくれた。私が情緒不安定なのは理解してくれていたものの、私が限界に達しているとは知らず、集まってくれたのだった。だが正常ではない私の姿を見た瞬間、励ましの言葉は私の心には届かないことを知ると、私の選択を理解しようと配慮してくれた。そのときの私はもうぼろぼろだったのだ。

早期に退職したいと申し出て、一ヶ月で全ての手続きを済ませ、日本へと帰る準備を整えた。帰国の日、デビッドは住み慣れた私のコンドミニアムから空港へと車を出してくれた。デビッドは人目も憚《はばか》らずに空港で私を抱きしめてくれた。まるで「I LOVE YOU」と言っているような彼の心臓の鼓動は、何度も脈を打ち、私の躰の中へと浸透していった。

成田に到着すると、叔母、姉、幸成が出迎えてくれた。特に幸成には、それまでもフライト中、精神的に不安定な状態に陥ったときに、電話で愚痴を聞いてもらっていた。みんなが私の帰国を笑顔で歓迎してくれた。実家に戻ると、しばらくの間は叔母と一緒に過ごせる毎日を嬉しく思ったが、日々叔母の病気が悪化していくのを見るうち、「痛い、きつい」という言葉が私の心を揺さぶり、その痛みは私の心も傷つけ、痛みを感じてしまう。私はいつしか、一番大切な人の苦しみを、疎ましいとさえ思い始めた。

私の病気も確実に進行していたが、叔母は相変わらず私を束縛した。そこで私はまず、自分の部屋を作ることにした。元々増築で造られた実家の二階には部屋が二つしかなく、一つは一番上の姉が使っていた。もう一つの部屋は、叔母と幼い頃の私がよく一緒に過ごした部屋だ。

その部屋は洗濯物を干す部屋でもあったため、完全にプライベートな空間ではなかった。そこで仕事を終えた幸成が、壁紙の貼り付けや、ペンキを塗るのを手伝ってくれ、心地よい私の部屋ができあがった。部屋を一緒に作っていると、幸成の気持ちが痛いほど伝わってきた。それでも私は幸成に対しては、わがままや本音を言ってしまう。

「幸成、あなたは私にとって家族のような存在なの。決して消えたりしないでね」

「勝手に消えさせるなよ！　紫央の気持ちは十分わかっているから。とにかく、よい部屋を作ろうね！」

幸成は、私が日本を離れていた五年間、店の従業員として働き続け、叔母と一緒に夕飯を食べてくれていた。幸成は私の人生の中で、すでになくてはならない安心できる居場所となっている。愛情∧友情。今では、幸成は半ばふらふらとした私の恋愛行動にあきれ果てていた。それでも、あの日、アキオとのことがあって幸成に別れを告げた日に彼が言ってくれた言葉は嘘ではなかった。

また四月という季節が訪れた。しばらくの余暇を過ごすために、箱根の別荘に父と姉と一緒に向かった。自分がどれだけこのざわめきに耐え切れるのか、知りたかったし、くつろげないことはわかっているが、少しでも父と会話する時間を作ることによって、父がどんな人なのか、確かめたかった。できれば壁を取り払い、当たり前の自然な親子関係を取り戻したかったのだ。

父と向かい合って話をするのは何年ぶりだったろう。幼い頃、両親が互いの浮気を責め合ったとき、父は母を殴った。両親の大きなわめき声に怯える私たちを、叔母は必死で守ってくれた。いつしか親に気を使う毎日を過ごすようになった私にとって、父と母はあの日、家を出ていったときの姿のままだった。本当の愛情を確かめるために、両親の経営する店で働いて空白の時を埋めたかった。

「パパ、私、店を継ぎたいの。料理にも関心があるし、これまで日本を離れて過ごしてきたから、一従業員として働くことから始めたいんだけど、雇ってもらえないかしら？」

父はもちろん喜んでくれた。幼い頃、私が好きだった父の笑顔にまた出会えた。その笑顔を確かめ、ほっとしたものの、店の従業員として働くことが私の本当の目的ではないことなど知らずに喜んでいる父に対して、申し訳ないという思いが湧いてきた。でもこうすることでしか、親子の関係を取り戻せない私だった。

弟は私と同じ気持ちを両親に対して抱いていたが、長男であるため、やむを得ず店で働いたことがあった。しかし、言葉では表現できない苛立ちを暴力という形で示してしまい、継ぐのをやめて新しい人生を送っていた。弟には、家族の中にはどこにも自分が安心できる身の置き場がなかったのだ。私は弟の気持ちが痛いほどわかった。一つ年下の弟は、私よりももっと繊細な心の持ち主だった。私にはしっかり信頼できる姉が存在したが、誰にも相談できないまま言葉で表現することもできない弟は、どうやって状況を切り抜け、消化したのだろう。

しかしそんな弟も、今では二児の父となり、幸せな家庭を築いている。姉である私のことを心配してくれる、心のやさしい弟へと戻ったのだ。「お姉ちゃん、僕はやっと幸せな場所を見つけられたよ」と嬉しそうに笑う弟の姿に、私は嬉しくて、その晩、涙が止まらなかった。

私が帰国を決断したときには両親と真っ向から向かい合い、心の傷を言葉で表現するしか方法はないと思った。四月の箱根はまだ肌寒く、案の定、木々の生長は私の心を揺さぶり続けた。私はその日、初めて父の前でタバコを吸った。

その年の七月から、両親と一緒に働き始めた。朝七時から夕方六時まで、まずは父と働くことに慣れようとしたが、毎朝出勤する前には緊張した。母は自営業の厳しさを知り尽くしており、私がこの店で働くことをよくは思っていなかったようだ。

母が娘の私たちに望んでいたことは、愛する人と結婚し、家庭に入って、子育てをしてほしいということだった。それは、母自身ができなかったことだった。母は悔やんでいたのだ——私たちが生まれたからには、どんなに忙しくても自分の手で育てたかったのに、そうできなかったことを。

特に私に関しては、母は私がなつかないことを肌で感じ取っていたし、私は感受性が強かったので、姉二人に対しては持てた安心感を、母は私には持てなかったのだろう。いつだったか、母は私にこう言ったことがある。

「ママは紫央が心から笑った顔を見たことがないわ」

母にはあまり気を使わなかったし、ときには喧嘩することもできた。でも喧嘩はできても笑顔が出てこない。叔母に対しては正反対だった。一緒に過ごしてきた分、叔母と私は互いのことを知り尽くしていたし、共通の話題も多く、自由に笑うことはできた。しかし喧嘩をしても、私は言葉をオブラートで包み、本音を言うことはできなかった。

「嫌われたくない」

こんなに長い間一緒に過ごしてきた叔母には本音が言えない。叔母と私たちの間にこのような関係が自然に作り上げられてしまったことは、本当に悔やまれる。両親や従姉は口を揃えて言う。「あんたたちがチャーちゃん（叔母のこと）を甘やかし過ぎたから、こんな関係になったんじゃない」

彼らは全くわかっていない。一緒に生活してきたのは私たちであり、私たちにとってはそうするしかなかったのだということを。

一ヶ月ほど両親と一緒に働き、仕事のやり甲斐も感じていた。それに、年老いた両親が私の生まれる前からずっと働き、そのおかげで教育を受けさせてもらったことへの感謝の気持ちも、懸命に働くことで伝えたかった。そうは思いながらも、私の本当の気持ちを隠し続けているのは容易ではなかった。私の本心を何も知らない父は、従業員が何か失敗をしたときには怒鳴り声をあげることもあった。それは社長であり、仕事なのだから道理にかなったことだったが、実際にそばでその大きな声を聞く度に、私の身体は反応し、過呼吸はひどくなる一方だった。

病院には通っていたが、自分の精神状態を把握しきれないまま時は流れていた。私が過呼吸で苦しむ度に両親は原因を知りたがった。言わずに我慢しているのも限界に達したとき、全てを吐き出す決意を固めた。だって、そもそもそれを打ち明けるために帰国したのだから。思えば私の人生は、叔母と父への特別な思いをいつもどこかに抱え、彼らに嫌われたくないと思い続けた二十九年間だった。

話す前日、どう伝えるべきか姉に相談した。私は両親と叔母に対する問題を、姉二人にだけは相談していた。特に、一番上の姉は東京に勤務していたため、私と話す機会が多く、私の性格を知り尽くしていた。病院にも一緒に付き添ってくれていた。私がパニックになって医師からのアドバイスがきちんと聞けないのではないかと心配した姉は、休みの日には一緒に診察室に入って、メモをとり、両親と叔母に病気に関する情報を伝えたりもしてくれた。

それだけではない。自分はかかっていないのに、私の病気を知ろうとして、何冊もうつ病に関する本を読み、この病気について知ろうとしてくれた。そして、できるだけ私について行動するようにしてくれた。姉はいつしか、何も言わなくても顔色一つで私のことを全て理解してくれる、〝同志〟のような存在となっていた。

両親に伝えようと決めた前日は、たぶん理解してくれないだろうとあきらめていた。一緒に過ごした時間が短かったせいか、哀しいことに、私たちは両親の性格をうまく理解できていなかった。正直、不信感の塊だったのだ。

海外での生活の中で、両親のことを思って泣きながら出せもしない手紙を書き、自分の気持ちを書きなぐったこともあった。それを今、本人を目の前にして伝えることは、裸で街を歩くくらいに恥ずかしいことであった。

〝決戦〟の当日、今まで隠し通してきた私の想いを、どうしても自分の口からは言う勇気が持てず、姉が代わりに話してくれることになった。私は一人公園でタバコを吸いながら、ひたすら結果を待っていた。年老いた両親を傷つけはしないか？　私の思いは伝わるだろうか？――。伝わらない可能性の方がはるかに高いと思われ、怖くて怯えた。あらゆる記憶が蘇る。残酷で卑劣な思い出。

姉から電話があった。「話は終わったよ。大丈夫だから、紫央がよかったらパパとママが待ってるから、一応一緒に話してみようか」

私は姉の「大丈夫」という言葉だけを頼りに店へと向かった。店に着いてドアを開けると、優しい顔をした父と、深刻な顔をした母が座っていた。

「何？　紫央は病院に行ってるのか？」

父が話を切り出した。

「うん」

立ちすくむ私はそれしか言えなかった。姉たちは幼い頃から私と同じ家に育ち、同じ体験をしたにもかかわらず、両親に対して私のような感情は持っていなかった。父の笑顔は次第に不安な表情に変わっていった。

「全て言ってごらんなさい。パパとママは大丈夫だから」

ためらいながらも声を震わせ、私は今までの思いを一気に吐き出した。

「私はずっと幼い頃に受けた心の傷を抱えて生きてきたの。パパとママがお互いの浮気のことで毎日喧嘩して、パパはママを殴ったわよね。大きな声で罵倒し合う声に私は怯えたのよ。ママのこと、とても可哀想だと思ったわ。でも最初に浮気したのはママよね。ママは幼い私に言ったわ。『ママはとてもいけないことをしたの。いつかママの気持ちをわかってもらえるように、ママは一生をかけて働くことで償うわ。今のあなたには理解できないかもしれない。でもあなたが大人になったらきっと、今のママの気持ちをわかってくれるときが必ず来るから。ママ頑張るから』ってね。私にとってのママはいつもパパに髪を引きずられて叩かれているイメージなのよ。チャーちゃんとパパは私たちに言ったわよね。『ママが帰って来ても〈お帰りなさい、お疲れ様〉って言ってはいけない』って。チャーちゃんとパパの言うことは全て正しいと思い込んでいたから、ママには後ろめたさを感じながらも言われた通りにしたの。あのときのママは可哀想だった。

そして信じていたパパも、浮気したわ。そのときのこと、鮮明に思い出してしまうの。パパが大好きだったから。ママは仕返しのように盗聴器を使ってパパと愛人の会話を私に聞かせたわよね。あの会話、子供に聞かせてはいけないものだったわよね。いっそのこと離婚してほしかったわ。私たちまだ小学生だったのよ。そんな毎日の中、チャーちゃんは私たちを守ってくれたわ。身体を壊してまでね。だから、叔母の期待に応えなければいけないって、嫌われたくないって、いつもそう思っていたから、自分のために生きて来たって心から言えないのよ。

大晦日、家庭裁判所で最後に出た答えは離婚ではなかったわよね。パパとママは私たちを選ばず、結局店を選んだのよね。今の私にはその選択も理解できるけど、子供の私は、親に捨てられたと思ったわ。別居してからは、もうパパとママは私の中ではある意味、他人のように思った時期もあったわ。それでも何事もなかったかのようにに実家に遊びに来ると、みんなで楽しそうに笑い合ったりしてたわね。そんな風に自然に振る舞えるみんなが正直、羨ましかったし、許せなかったの。

私、ほんとはあのときだって一緒に笑いたかったのよ。でもできなかった。だから二階に上がって耳をふさいで泣いてたの。自分の誕生日にパパが心を込めて作ってくれたケーキも、嬉しくてたまらないのに「ありがとう」の一言も言えず、素直になれない自分を責めたわ。だから未だにパパとママとの接し方がわからないの。一緒にいても何を話していいのかさえわからないの。もう私たちには叔母のチャーちゃんしかいなかったし、チャーちゃんは一度も寂しい思いをさせまいとして育ててくれたのよ。

お金には困らなかったけど、それはパパとママが働き続けてくれたからよね。それは感謝しているわ。でも、産むだけじゃ愛情は伝わらない。育ててくれるその人の姿勢を見て子供は成長していくものよ。それでもチャーちゃんには本音を言えないままで、よい子でいなければって、いつからか私は自我を抑える子になっていったわ。私は高校生になった頃からどんどん太っていって、チャーちゃんは口癖のように私に言ったわ。『小さい頃、紫央はかわいかったのに、こんな顔になるなんて』って。

そう言われる度に鏡の前の自分の醜い顔と身体をナイフで切り裂いてやりたかった。嫌われるくらいなら顔を消してしまいたかった。チャーちゃんの引き出しには私の幼い頃の写真しかないことも、私を傷つけたわ。過激なダイエットもして、叔母が望むスチュワーデスにも、三年もかかってやっとなったのよ。そんなときの私の気持ち、わかってくれてた？　そしていつのまにか、自分の力では何も決めることができなくなっていたの。私はアダルトチルドレンなのよ」

黙って最後まで私の叫びを聞いていた父と母は言った。

「紫央、まだ言いたいことがあるなら全て言いなさい。あなたの言っていることは全て事実よ。ごめんなさい」

私は絶句した。親のプライドにかけて、少しは否定したり反論するだろうと想像していたのに、意外な反応だった。私は全てを打ち明けると、

「あぁ、これで私の人生は変わる。全てが終わった」
と一瞬にして安堵の気持ちになり、思いきり父親に抱きついた。明日から新たな気持ちで両親と一緒に働こう。もう私は大丈夫。そのときは素直に気持ちを伝えられたことが嬉しくて、それまでの不安は希望に変わっていた。これからは、幼い頃の私が両親に自然と甘えていたように、何でも話せる親子になれるのだ――と。しかしその願いは、思いもよらない方向へと傾いていった。

それから私の心はポッカリと穴が開いたような暗闇の中へと入っていってしまったのだ。翌日の朝、いつもの時間に目覚ましをセットしたが、どうしてもベッドから出られない。身体が震えている。姉に頼んで店に連絡してもらうことにした。その日は特に忙しく、自分の手が必要とされていることはわかっていたが、どうしても行くことができない。姉が私の代わりに店を手伝ってくれることになった。それでも、気になって仕様がなくて、思い切って支度をし、店に向かった。そこで私はある現実に衝撃を受けることになる。忙しく従業員が働いている光景を見た瞬間、私は店の前に立ち尽くし、一歩も動けなくなってしまったのだ。

あの店の中に入り、いつものように私が働けば、どんなに店が助かるか、両親が安心するか。それがわかっていながら、なぜ一歩も足を踏み出すことができないのか。私はそのときから、全ての自信を失ってしまった。これは二十八年間の膿《うみ》なのか——。

そのときから、身体にありとあらゆる症状が出始めたのだった。

その日、どうにか気分転換をしようとして、幸成と食事に行くことにした。レストランに向かう途中、誰かがつけてくる。私を刺すためについてくるのだ。

「幸成、黙って聞いて。後ろからずっとついてくる人がいるの。気をつけて」

誰にも知られないように、幸成の耳元でそっと伝えた。幸成はそ

っと後ろを確認すると、

「紫央、あのポストの横に止まっているバイクがあるでしょ。あの男はバイク便の制服を着ているよ。だから俺たちをつけてるんじゃないよ。もうすぐレストランに着くから安心して」

そっか、よかった。でもじゃあ、この感覚はいったい何？　レストランに入っても、鏡越しに誰かが自分を見ているという感覚に襲われた。レストランで食事をしている人たちも、私たちのことを話しているのではないのか。あの笑い声は私を笑っているのではないか。そんなことを考えていたので、落ち着いて食事をするどころではなかった。

家に帰ると、その日を境に外に出ることが怖くなった。玄関の前で誰かが立って私を待っているように感じられ、恐怖で布団から出られない。何日か経つと、「食べる」ということ自体にも違和感を感じ、全くお腹が空かなくなった。食べることに興味をなくすと、何事に対しても興味を感じられなくなっていった。食欲、性欲、物欲、全てに無関心になった。摂食障害の始まりだった。

胃はどんどん小さくなっていった。どうにか栄養ドリンクで過ごしていたが、二ヶ月もそんな状態が続くと、チョコレートを口に無理やり含んだだけで、胃まで降りるのに時間がかかり、苦しくて仕方がなかった。大好きな映画を観ることもなくなっていき、ただ息をして生きることだけを目標にするようになっていった。心療内科にも頻繁に通うようになった。両親を連れていき、専門家からうつ病についての説明をしてもらった。

私は相変わらず心療内科では泣き崩れ、食進剤も薬に加えてみたが、一向に食欲が出ることはなかった。見る見るうちにやせ細り、自分では歩けると思っていても、倒れてしまう。階段も上がれない。

毎日、ベッドで情けない自分と向かい合っている日々。情けないと思いながら、どうすることもできない日々。小さなことで涙し、悲しいことがなくても自然と涙が溢れてくる。そして、涙が出なくなっていく。泣くことができなくなると今度は胸がきりきりと痛み、声を失う。失言症《しつげん》になっていった。言葉を失い、これ以上の悲しみはない。何も考えないようにするには眠るしかない。安定剤と睡眠薬で眠るが、目覚めるとまた何も変わらぬ現実がそのまま残っている。そんな中、私は祈りを込めて心の中で叫んだ。

人が生を受け、人生をまっとうするまで生きていかなければならないのならば、どうか生きるための喜びをください。

起きているときに苦しまないように集中できる何かをください。それが見つけられないのです。

本当に心から笑える世界を見せてください。

呆れるほどの自信と自尊心を私に与えてください。

何のために毎日の時間が流れているのか、その意味を教えてください。

作り笑いはもういらない。疲れた顔も、もういらない。

全てのものが無——

無の状態のときに何ができますか?

外に出て暖かな日差しと風を浴びたら気持ちがいいと思えるのでしょうか?

愛する人にどうやって毎日疲れた顔を見せられますか?

決して一人ではない私を愛してくれる人々に、どうやったら表現することができますか?

そして、この心をそっと手のひらに取り出して、どんなに弱っているのか、確かめさせてください。

14：00――。今日も気だるい一日が始まった。お気に入りの紫の灯りをほのかに燈《とも》し、ネコは私のベッドですやすやと眠っている。エッセンシャルオイルのYLANG《イラン》 YLANG《イラン》の匂いに包まれると、束の間の解放感が得られ、部屋中が安定と不安で入り混じる。薬のためか、起きたての身体はだるく、眠気が覚めるまでタバコを吸い続ける。そして今日という日がまた始まったことへの絶望感との戦い。

「私は何のために生きているのか？」

しばらくして言葉を取り戻すと、私は姉に「私はどこに行けばいいの？　この心はどうやったら見れるの？」と何度も問いかけた。ただ呼吸して過ごす毎日。一度「無」の状態を体験してしまった私は、どこへ行けばいいのか、どこへ行けば安らげるのか、このボロボロになった心を治せるのか、わからなかった。姉はいつも優しく私に伝えた。

「紫央。こんなにきついことないよね。でもね、紫央がいてくれる、ただそれだけでいいの。行き場のない紫央の心を私にすべてぶつけなさい」

そうすることで癒されるのかどうかはわからなかったが、動けるようになった身体を試したくて、アジアのかつての勤務国へ行ってみることにした。私の旅行に付き添うために、姉は一週間の休暇を取ってくれた。そうして、私はたくさんの思い出の詰まった第二のふるさとの国へと出かけたのだった。

現地で結婚した親友の香織は私をいつも明るくしてくれる。彼女の声のトーンは私の耳には心地よい。香織は一週間の滞在中、毎日私を楽しませてくれた。やせ細った身体も香織にかかればなんということもない。「紫央。もうこんなにやせること生涯ないわよ！記念にメジャーで全身測ろうか？」

香織は元気な私が大好きだといつも言ってくれていた。弱りきった私を見せることで、どんなに悲しい想いをさせただろう。それでも香織は笑顔を絶やさず、私に優しくしてくれた。

デビッドにも会う必要があった。たとえ終わりにできないとしても、今の状況を伝えなければ――。デビッドは久しぶりに会う私のやせ細った身体も気に入ってくれるものとばかり期待していた。しかし、私のあまりの変わりように驚いたようだった。デビッドは「セクシーな君はどこへ行ってしまったのか?」と私の身体と心を真剣に心配してくれた。そして、退職してから日本で起こった出来事を全て話すと、私の話を少し寂しげに、静かに聞いていた。デビッドも一人の父親として、何かを考えていたのだと思う。

「ねえ、デビッド、子供は純粋で、どんな些細なことでも覚えているものよ。私たちの関係は今のところ誰も傷つけていないわ。でも、あなたは仕事でほとんど子供と一緒に過ごせていないんじゃない?あなたのことだから、よいパパだとは思うけど、どうかたくさんの愛情であなたの子供たちを包んであげて。あなたからは大切なことをたくさん教わったわ。まだあなたにさよならを言う勇気はないけど……これからも人生の先輩として私の心の中に存在していてほしいの」

デビッドは私の骨だらけの躰を抱きしめ、そっとキスをした。温かなキスを。

思い切って家族に打ち明ければ、新たな人生が始まるとばかり信じていた。家族は必死に私を支えてくれた。この病気には家族の理解と支えが一番必要だ。それがあるかないかで大きく運命が分かれる。特に父は変わった。

子供がずっと悩み、苦しんできたことを知った父は、きっと親の存在が子供にどのような影響を及ぼすかについて、初めて深く考えたのではないか。父は自ら心療内科に行き、私をどう立ち直らせればいいのか、医師に相談してくれた。私が唯一願っていた両親からの愛を受けられたというのに、うつ病からくるあらゆる症状はかえって深刻になっていった。

こんなに家族が思ってくれているのに。今度は思いを吐き出した私の方が、家族の愛に応えなければいけないのに。私が求め、得たものが自分を苦しめるなんて。

そうやって自分を責めることしかできない私だった。

気づけば体重は35kgを切っていた。自分ではまっすぐ歩いているつもりでも、そうできていなかった。家族は本当の私の姿を教えてくれた。

「まるでおばあさんが歩いているようよ」

実際、杖をつかないと歩けない状態にまでなっていた。鏡に写る自分の顔は、頬がげっそりとこけ、目の周りを大きな隈が覆っていた。大学病院での光景が浮かんだ。母に支えられながらゆっくりと歩いていた女の子。私は今、まさにあの子と同じ状態になっていた。

それでも自分の歩く姿を自分で見ることはできない。

9号サイズの洋服はもう着られない。しかし、洋服のサイズがどんどん小さくなっていくと、不思議とやせ細った自分の身体が好きになっていった。ぶくぶくと太っていた頃に叔母が私に対してとった態度がトラウマになっているのか？　もう9号サイズは着たくない。おばあさんのようだと言われても、1kgでも体重が増えると、一口食べただけでも胃の中にあると思うと許せなくなり、下剤で流した。とにかく太りたくなかった。体重に関しても、感覚がおかしくなっていたのだと思う。

週に一度の心療内科での診察で、あるとき先生は私にこう言った。

「あなたはとても優しい。優しすぎてしまうんだ。いつも人のことを考えて行動し、自分のために何もやってこなかった。その結果が今の状態なんだよ。親は子に甘えてほしいものなんだよ。だから今回の告白で相手を傷つけてしまったなんて全く思わなくていいんだ。

子供のときに甘えられなかった分、今、思いっきり甘えなさい。そしてゆっくりと歩んで生きていきましょう。あなたなら大丈夫」

先生は私の負担にならないように、慰めの言葉と勇気の言葉をいつも私に伝えてくれた。

「最近、自分に何かをしてあげてますか？　何か一つでも自分を誉めてあげましたか？」

その言葉に私は絶句した。今まで自分を誉めるということを知らなかった。でも、どうやって自分を誉めればいいの？　親の期待に応えようとばかりしてきた私には、その方法がわからなかった。そして最近の自分に何をしてあげていたのか？　私の毎日はただベッドで睡眠薬を服用して眠り、身体にしてあげていることといえば、お風呂に入ることくらいだった。肉体労働をこなし、空の上で笑顔で働いていた頃の私は、いったいどこへ行ってしまったのだろう。

もはや、社会復帰は無理かもしれない。不安だらけの毎日だった。

デビッドから届く絵葉書も、もう私を元気にしてはくれなかった。自分が本当にこの世に存在しているのかどうかを確かめたくて、思い切ってコンビニへ買い物に行ってみた。タバコを買い、お金を払い、レシートをもらい、家に帰ると、タバコとレシートは確かに存在している。そうやって、〈私は確かにこの世に存在している〉と確認するような有り様だった。

あるとき、私は姉の提案を受け、毎日の自分の行動を表にして、心の変動を観察するようにした。一時間刻みに表をつけ、何かを感じると、その原因と理由を書き足した。その日とった食事も全て書き出した。食事をとるといっても、栄養剤や飲み物だけだったが、そうすることで、自分を客観的に見つめるようにした。そのノートには私の心の叫びが全て綴られていた。

薬が足りない……

今日はおでんを一口食べてしまった……
パパがいきなり訪ねてきた、動揺……
生きることはこんなにきついことなのか……
生きることだけを目標にする日々……
叔母の溜め息はストレス……
絶望、失望、虚無感……
お願いだからもう許して……

最初の頃の表には分単位で気持ちの乱れが示されており、ギザギザの線ばかりだったが、次第にゆるやかな線になっていった。復活の兆しが現れ始めたのかと安堵したが、ちょっとしたきっかけでまたすぐに崩れてしまう。

一番の問題は、叔母が認めてくれないことだった。両親は、思いもよらない私の告白を真っ向から受け止め、病院にも一緒に行ってくれた。でも私が一番求めていたものは、叔母の理解だった。叔母はわかっているはずだ。自分が一番私の心の状態やこれまでのことを知っている一人であることを。

「一緒に病院に行って！　お願い！」

何度も叔母に求めたが、「うん」と言うだけで行動には移してくれない。叔母は自分の病気を理由にして、私のことを正面から受け止めようとはしてくれない。だから最初に父に確かめ、その反応を見たかったし、叔母も親身になって受け入れてくれるのを待っていた。どうすれば叔母はプライドを捨て、私に向かってきてくれるのだろう。

私は苦しみ、現実に身体を壊し、あらゆる症状が私を痛めつけているというのに、自分を責めることを止めることはできなかった。人に私の胸の内を事細かに話せば、自己弁護や甘えにしかならないと自分を罰した。

家族の心配を裏切り、私ははさみを見つけると血管の中に少しずつ入れていった。リストカットの始まりだった。夜中眠れないときは、自分の身体を傷つけることに快感を覚えた。何という安心感。解放感。全く痛みを感じることもなくこんなに楽になれるなんて。そして思った、このまま今の自分を消せたらいいと。そのうち、はさみでは物足りなくなり、次第にリストカットはエスカレートしていった。包丁で手首を何度も切った。そのときは必ずＤＡＶＩＤ ＢＯＷＩＥのＡＳＨＥＳ ＴＯ ＡＳＨＥＳという曲を聞きながら。この曲は宇宙に一人取り残された宇宙飛行士が、麻薬中毒者に変貌したことを歌った曲。まるで私の気持ちを代弁しているようだった。管制塔に見放され、宇宙を彷徨《さまよ》う孤独な男。私は社会を管制塔とだぶらせていた。

そのまま眠り、朝目覚めると血だらけになっている自分。心の傷はもっと深く、痛い。どんなに手首を切っても動脈まではさみが達しても、心の傷には追いつかない。絶望感に駆られながらも、やめることのできない行動だった。家族愛を求めていた私が、今度は家族を破壊してしまうのだろうか。家族は私の行動を強く罰してくれた。

「紫央がそうやって自虐行為を続けると、みんな仕事も何もできなくなるのよ。やめなさい！」

そう言いながらも、叔母は私に怯え、機嫌をとり、口調を優しくすることで、私への対応をどうにか切り抜けていた。

それは年末を迎えようとする、とても寒い日だった。

「洗濯物が乾かない」

叔母の嘆きがまた始まった。うんざりした私は家から離れ、しばらくコインランドリーで過ごすことにした。隣には深く帽子をかぶり、乾燥を待っている男が座っていた。私のお財布には三百円と五百円しかなかった。四十分で乾かす予定の洗濯物には、あと百円足らない。

「あの、すみません。五百円玉と百円玉を交換してもらえませんか？」

彼は自分のお財布を開け、「ごめん。俺も五百円玉しかないんだ」

「じゃあ、缶コーヒーでくずすわ。ありがとう」

私は外に出て缶コーヒーを二つ買った。

「もしよかったらどうぞ。今日も寒いし」。そう言って缶コーヒーを差し出すと、彼は「ありがとう」と言い、私に話しかけてきた。共通の話題は海外の話。彼は一年かけてオーストラリアをバックパッカーとして縦断し、その旅でカメラに辿りついた話を楽しげにした。日本に帰国後、カメラマンのアシスタントとして働き、東京に出てきたのだった。それがコインランドリーでの彼との出会いだった。彼は、静かな温かさを感じさせる口調で話し、その声は弱っている私にはとても優しく響いた。

「私、あなたの話にとても興味があるわ。もっと話が聞きたい」。素直にそう伝えると、

「じゃあ今夜、飲みに行こう！」

「でもね、私、食事ができないの。それでもよかったら」

「全然ＯＫでしょ！　普段なんて呼ばれているの？」

「みんな紫央って呼ぶわ」

「じゃあ紫央、俺、豊だから」

互いに家が近いので、早速その日に飲みに行こうということになった。豊は、久しぶりに外に出掛ける気分にさせてくれた。

夕方、待ち合わせ、彼の行きつけの小さなバーへと向かった。今までに出会ったことのないタイプの人。こんなにも人を安心させてくれる雰囲気を持った男がいるのだろうか。私も自然と自分の考え

方や今までの経験を話すことに夢中になっていた。あっという間に時は流れ、気がつくと二時を過ぎていた。彼は私の家の近くまで送ってくれた。

「豊君、私はこの出会いを大切にしたいよ。なんだか今日は不思議な日だったね」

「うん。年末年始はスノボーに行くから、来年、必ず電話するよ。今日はありがとう！　おやすみ」

二人の素敵な出会いに感謝し、握手をして別れた。私はこんなことができるようになったんだ。この出会いが大切なものになりますように――。

春とはまた違う変化のある時期。年末年始のあのざわめき。私は薬とカウンセリングと家族愛により、少しずつ回復を見せ始めていた。毎日ベッドに横になりながらも、彼のことを思い出すと恋する気持ちが湧いてきた。うつ病の私が――食欲のない私が――人を好きになれるなんて。暗闇の日々がいつ終わりを告げるのか、予想もできない中、ただ一つ不安だったのは、自分がうつ病だということを、彼にもしもう一度会えたら、きちんと説明できるだろうかということだった。

年が明け、彼は約束どおり電話をくれた。ベッドに横たわっていた私は慌てて電話をとった。

「ただいま！　今から会おうよ！」

「私、今日ずっと寝てて、外に出られる姿じゃないわ」

いくら会いたい気持ちはあっても、すっぴんでぐちゃぐちゃの髪のまま会うことはできない。それでも彼は誘い続けた。「明日なら、どう?」と言う私に、

「明日も会おう！　でも今日も会おう！　格好なんてそんなもの気にすんなよ、少しでいいからさ、近くで待ってるから、今日も明日も会おう！」

帽子を深くかぶり、待ち合わせ場所のファミリーレストランへと向かった私と違って、彼はばっちりと格好よく決めていた。

「ごめんね、こんな格好で。豊、なんだかこの間会ったときとは別人みたいにめかしこんじゃって、一人だけずるいよ」

「その帽子、似合ってるよ。この間は綺麗だったけど、今日はかわいいね」

彼から電話があったとき、もしかしたら？ と浮かれていたが、彼はどうやら私のことを予想以上に想ってくれているようだ。彼は年末年始にスノボーをしたときの出来事や、友達の話を、とても楽しそうに私に聞かせてくれた。そして、核心の話へ。

「紫央はどんなタイプの男が好きなのかな？」

「今ね、身体壊してて、あまり調子がよくないのよ、静かにそばにいて守ってくれる人がいいわ。例えば、『北の国』からの純君みたいな感じかしら」

「それってさ、俺じゃん！」

「豊。私ってとっても面倒な女なのよ。こんな話、男の人にしていいのかどうかわからないけど、例えば生理前一週間はイライラするし、とっても寂しがり屋だし。それとね、私、心の病気を持っているの」

「心の病気って？　俺は女の友達――〝妹たち〟って呼んでるんだけど――たくさんいてさ。生理不順の話なんて毎度のことだよ、妹の中には元カノもいるけどね。俺は一度別れたら、友達になれちゃうタイプなんだよ。俺って変わってんのかな？　もちろん別れた女には幸せになってもらいたいから。でもSEXは考えられないんだよね。妹や友達になっちゃうんだよ。恋愛感情がないとSEXは成立しないから。だから、女のことで心配させることは絶対にないし。その心の病気ってどんなものなの？」

「うつ病って知ってる？　私、こんなにやせてるじゃない、とにかくうつ病なの」

豊はうつ病という言葉や症状をなんとなくは知っているようだった。

「俺さ、二十三歳のときに、脳梗塞で倒れてんだよね、左半分麻痺しちゃってさ。それでも少し回復してから何かを探しにオーストラリアに行ったんだ。大丈夫だよ、大丈夫。俺と一緒にいようよ」

嬉しかった。こんなにも自信のない私と一緒にいようと言ってくれる人が目の前にいる。

「うちの家族、ちょっと複雑で、特に一緒に住んでいる叔母は私に対しては特別なのよ。今はある程度好きにさせてくれているけど、彼氏ができたなんて言ったらどうなるかしら」

「俺はどんな扱いを受けても平気だよ。紫央がそのことを気にしてるんだったら、叔母さんにちゃんと挨拶するから。筋通せばいいいんだろ。こういうのは早い方がいいんだよ。今から挨拶に行こう！」

豊は私の手をしっかりと握りしめ、私の実家へと向かった。豊の行動力に圧倒された私は、その前に実家に電話を入れた。

「チャーちゃん、今から友達というか、好きな人を連れていくから。突然でごめんね」

チャーちゃんは電話の声で、機嫌が良いか悪いかはすぐにわかる。もちろん機嫌は悪かった。実家に着くと、豊は大きな声で「こんばんは！　お邪魔します！」と言って、チャーちゃんのいるリビングへと入っていった。

豊にとって、突然訪問することなど普通の感覚なのだ。彼の地元では豊の家はたくさんの友達の憩いの場所となっており、全てがオープンな生活を送っていたようだ。しかし私はただ動揺した。チャーちゃんは案の定、豊とは一言、二言挨拶を交わしただけだった。そんな沈黙の中、豊は「叔母さん、初めまして！　今日から紫央とお付き合いさせてもらうことになりました。今カメラマンのアシスタントをしています。よろしくお願いします」と言うと、私を心配しながら帰っていった。

叔母は私たち姉妹の男友達について、自分の理想とする男でなければ断固として認めない。豊の外見は、今どきの男の子。叔母は内面を全く見ようとしない。そして男の職業にもこだわる。いわゆる〝三高〟の男で、自分を大切にしてくれる男でないと駄目なのだ。私が付き合うのではなく、まるで自分が付き合うかのようにその男を見るのだ。

次の日、叔母の不機嫌さはじわじわと伝わってきたが、私は豊と初詣に出かけることにした。もうどんなに止められても私の好きなようにさせてもらうわ。ここで負けてはいけない。そう思った私は、振り切るように家を出て、豊と明治神宮に向かった。そして豊にもう一つ話さなければならない幸成と私との関係。

「あのね、前に付き合っていた人がいて、その人は私にとって家族のような存在なの。とても大切な人。私が日本を離れている間もずっと叔母の面倒を見てくれていたのよ。両親の経営する店でも働いているの。もちろん、恋愛感情は持ってないわ。でも豊に私たちの関係をわかってもらいたくて。だから、これからもその人とご飯に行ったりすることもあるけど、誤解しないでほしいの」

「そっか。その人すごいな。俺にはそんなことできないよ。俺は紫央に出会ったばかりだし、その人は紫央のことをどれだけ愛しているんだろうか。もしかしたら、今の時点では俺の方が紫央への気持ちでは負けているかもしれないな。でも俺たちはこれからだから……。なんだよ、突然何を言い出すのかと思ったら。俺は大丈夫だよ。紫央の家族だろ。いい奴じゃん」

彼との初めての初詣だった。もう叔母のために願うことはない。

私のために、これからの二人のために願う初詣だった。

それからの叔母の私への態度はひどいものだった。ただベッドに横になっているだけで、食事もろくにとらない私が人を好きになったのだ。なんて喜ばしい進歩かということを、叔母は全くわかっていない。息が詰まると私は豊のアパートに逃げ込んだ。そして叔母と生活をともにすることに限界を感じ、一人暮らしをすることを考え始めた。そうした方が、叔母のためにも、自分のためにもいいと思ったのだ。今が親離れ、子離れのとき。

そして、実家からすぐそばのアパートで一人暮らしを始めた。鍵を家族に渡し、いつ私の身体に何が起こっても安心できる環境を選んだ。叔母から離れることで、あがきながらでも、自立の道を見つけたかったのだ。あえて自分の空間を持つことで、全てのストレスから自分を解放してあげなくてはならなかった。叔母が変わらないなら、私が変わるしか方法はない。一番大切な人がわかってくれない以上、私の病気は治らない。

一人暮らしを始めて一ヶ月ほどが過ぎると、貯金も減っていき、就職活動を考えるようになった。病気と闘いながらも毎日働いている豊の姿にも影響を受けた。豊は私の身体を心配し、ほとんどの時間を私のアパートで過ごすようになっていた。毎朝、豊と一緒に起き、豊に朝食を作り、豊が仕事に出かけると再びベッドにもぐり込み、安定剤で眠りにつく。豊が夜遅く帰ってくると、朝、彼が出掛けていったままの状態で、私はベッドに横たわっていた。

「豊は偉いね、毎日働いて。お疲れ様です」

私は自分がまだ社会復帰できないでいることに不安を感じながらも、必死で生きている豊に素直にそう言った。すぐに私はご飯の準備を始め、豊は一人で食事をする。突然、豊は私が思いもよらなかったことを口にした。

「紫央。もしかしたら俺が働いている姿を見せることが、お前には負担に感じるんじゃないのか?」

「豊、逆よ。私、豊のその姿を見てエネルギーをもらっているのよ。

今はまだ社会復帰するのが怖いけど、豊の存在は確かに私を強くしてくれているわ。だからそんな風に誤解しないで。豊は私が元気だった頃を知らないじゃない？　何とか元気になっていくから」

豊は自分の地元に私を連れていき、両親やたくさんの友達に紹介してくれた。皆温かく私を迎えてくれ、豊の友達が経営する焼肉屋へもみんなで行った。温かい笑顔と笑い声。優しさに包まれ、私は胸につかえを覚えることなく焼肉を本当においしいと思いながら食べることができた。育った環境によって人間形成や思考回路が違ってくることを改めて確認した。豊は病気で倒れてから回復するまでの話を私に自慢気に聞かせてくれた。

「俺がここまで立ち直れたのは、もちろん、家族の支えが大きかったなぁ。それに紫央も知っているように、俺の財産は友達だ。俺が入院しているとき、一日もかかさず、友達がお見舞いに来てくれたこと、それが俺にとって一番の力になったんだ」

一度生死をさ迷い、一生病気と共存していかなければいけない豊は、自分の考えをしっかりと持っていた。一つ年下の豊がアドバイスや意見してくれることは、彼の強さを象徴しているものだった。いつも明るい豊。未だに毎日食事の後には発作止めの薬を飲むこと、と、定期健診は欠かせない。

彼はよく私に言った。「病は気から」とか「気持ちの持ちようで病気は治すことができる」と。確かに病気は気の持ちようで治すことができるのかもしれない。そんなことはわかっている。でもうつ病の場合はそれとは少し違う。わかっているけどできないから、もがき、苦しみ、そういう自分を責めるのだ。

もちろん私の性格を理解しつくしていた豊は、いつも温かく「大丈夫か?」と私に聞く。私は「うん」と答えるしかなかった。シングルベッドで豊の腕に寄り添い、眠る毎日。温かく包んでくれる豊。

豊は私が過呼吸になったときの処置の方法も姉から教えてもらっ

ており、私の呼吸が治まると静かに、ときには明るく振る舞ってくれた。それでも、豊はうつ病について調べることや、病院へ一緒に行くことはなかった。豊はきっとそんなことをしなくても、私と一緒にいれば理解できると思っていたのだろう。

私の気持ちはいつも、「とにかく人一倍自分のことをわかってほしい」それだけなのだ。

豊は優しいが、彼の言動や行動を見ていると、うつ病に対する理解が乏しいようだ。それでも豊が支えてくれたことは大きかった。

朝、豊は血だらけの私を見ると、「大丈夫か?」と心配しながら、真っ暗な部屋から仕事に出かけていく。リストカットは日常的な当たり前の行為になっていたが、さすがに包丁でずたずたに切ったときには、豊は私に諭すように言った。

「俺は仕事に行けなくなる。一緒にいられなくなってしまうかもしれないよ。だから、そんなことはもうやめよう。約束だよ」

以前、家族によって私の目の届く所から全ての刃物を隠されたことがあったが、この部屋からも全ての刃物がなくなった。豊は私と指きりげんまんをして、仕事へと向かっていった。指きりげんまんか。豊らしい優しさだわ。

私を必要としてくれている人々の支えを得て、叔母から離れて引越しをしてからは、徐々に回復し始めていた。でも過呼吸は身体が覚えているのか、頻繁には起こらなくなったものの、忘れた頃にまた激しく呼吸が乱れることがあった。そのときにはまた闇の中へと引き戻されるのかと不安に駆られた。なんとかここまで来た。もう一度社会復帰を果たしたい！　自立への第一歩を踏み出した私は、気づけば二十九歳になっていた。

まずは生活のリズムを一定にするために、毎朝七時に起床し、ウォーキングを始めた。真冬の都心の強風は冷たく、肌が凍てつく。外に出ることにはまだ不安があったので、ウォークマンで全ての音を消した。ジムにも通うようになり、徐々に体力をつけていった。心配してくれていた友人たちとも会うようになったが、会うたびに私の変わり果てた姿に驚かれ、最初は落ち込んだりもした。しかし、それを跳ね返す力も生まれてきた。

もう一度、社会復帰を果たしたいと思って、履歴書を書くようにもなった。そして、私はある某アパレルメーカーの面接を受けて採用され、販売員として働き出した。それまで、私のことを理解し、守ってくれる家族や友達との接触しか持たなかった私にとって、何も知らない人々と接触することは恐怖であったが、その会社で社会復帰を果したかった。

しかし時間を拘束されるという観念はひどく、出社の三時間前から場所を確認すると、コーヒーとタバコでなんとか震えを抑えた。

案の定、緊張がつきまとった。女性ばかりの職場ではあったが、皆、温かく迎えてくれた。悪気はないのはわかっていたが、同僚はみな、口を揃えて私に言った。

「紫央さんって元スッチーだったんですよね。どうしてうちの会社を選んだんですか？　そんなにやせてて羨ましい。どうやったらやせられるんですか？」

そんな質問を誰もが問いかけてきた。それでもフルタイムで働き、二日間、何も食べられなかった私は、仕事を終えると、人目も憚らず表参道の交差点で号泣した。座り込んで泣きじゃくっていると、全身のエネルギーが全てなくなっていった。ウォーキングやジムに通い、体力がつき、外に出かけることもできるようになっていたが、慣れない環境と初めての仕事、それに自分の病気を全く知らない人々との会話。フルタイムで働くことは、そのときの私にはまだ無理だったようだ。

通勤で体力が消耗するので、帰りはタクシーを使った。欠勤をすると自分が許せないので、休むことなく出勤した。販売という仕事で接客をしているときは、楽しさをも感じた。その会社は、つい数ヶ月前まで家に閉じこもっていて未だ自信の持てない私を雇用し、評価してくれているようだった。仕事に入るとどうしても責任感が湧き、弱い自分を見せたくない、知られたくないと本来の自分の姿を偽《いつわ》り続けた。

一ヶ月半後に突然、異動の辞令を受けた。私はやっと環境に慣れて安心していたところだったが、会社としては、私の年齢も考え、各店舗で経験を積ませ、数年で店長になってもらいたいと思っていたようだ。情けない幕切れになってしまうが、もう限界に達していた。一度、社会復帰を果たしたがうまくいかず、二度目に社会復帰するときのことを考えると、二度目の復帰がどれほど困難な状況になるか、それだけが怖かった。

異動を断り、退職したいと告げた私は、仕方なく自分の病気について詳しく説明した。すると試用期間で休めないはずだったが、会社は二日間、私に前向きに考える時間を与えてくれた。会社としては特別に考慮してくれたのだろうが、たった二日間で〈せっかく与えられた職をなくすか〉〈無理をして働き続けるか〉どちらにするか決めろと言われても、そのときの私はかえって混乱するばかりだった。二度目の社会復帰の難しさを思うと、自分では決断することができず、心療内科の主治医のもとへ向かった。

状況を説明すると、主治医は「一ヶ月半、よく頑張りましたね。えらかったですね。あなたがそこまで自分の病気について話したことはとても勇気のいることだったでしょう。大丈夫です。退職しなさい」と私の背中を押してくれた。結局、私は会社の期待を裏切り、一ヶ月半で退職することになった。私の病気のことは理解してもらえず、会社からは「頑張ってください」の一言で片付けられた。

私は改めて感じた。心の病は目には見えないものであり、その場でずたずたになった心を取り出して、相手に見せない限り、理解してもらえないものなのだろう、と。

結局、同僚にも言えなかった。今の日本社会では、精神障害を持った人が働くことは簡単ではないし、本当に理解をしてもらえることはほとんどないと言っていいと思う。ただ色眼鏡で見られるだけだろう。しかし、私のように心の病と闘いながらも働き続けている人々もいるのだ。社会復帰がうまくいかなかったことで、かなりのショックを受けたが、以前のように「無の状態」に落ち込むことはなかった。

久しぶりに「命の電話」に電話してみた。客室乗務員だった頃、夜中、眠れないときに一時間程度話を聞いてもらえるだけで、次の日には仕事に出かけられた。ほんの二年くらい前のことだ。ところが現在の状況はひどいものだ。電話が一向につながらないのだ。朝、昼、夜、いつかけても話し中だ。二十四時間体制のはずの命の電話。ボランティア頼みの運営では、きっと需要に対して、供給が追いつかないのだろう。

私は確信した。この日本では本当に多くの人々が悩み、苦しんでいるのだ、と。そこで、現在進行中の私のうつ病のことを私自身が伝えることで、心の病を抱えている人々に少しでも何かが伝わり、彼らの支えになればいいと思った。心の病と闘っている人々に、自分の体験をどうやって伝えれば彼らを救ってあげられるのか。それを少しずつ考えるようになっていった。そして自分のこれまでの人生を改めて振り返ることで、自分の気持ちの整理を再び始めた。

豊とは付き合い出して九ヶ月目になっていた。半同棲のような生活を続けていることに私は疑問を感じ、彼のことを考えるより、うつ病のことを考える時間の方が多くなっていった。独りになりたかった。彼への気持ちは変わっていなかったが、このまま二人で毎日を過ごしていても何も生まれないと思った私は、豊に切り出した。

「最近、豊は写真撮ってる？　私たち付き合って九ヶ月だけど、時間にすれば二年くらい一緒にいることになるわよね。少し離れてみない？　そうしたら私たちの関係がもっと進展すると思うの」

豊もこの生活に疑問を抱いていたに違いない。すぐに同意してくれると、少しの荷物を残し、私の部屋から出ていった。

その翌日、すさんだ私の気持ちにさらに追い打ちをかける哀しい出来事が起こった。私が初めて飼って育てた猫が、突然死んだのだ。七年と八ヶ月。何の病気もしたことのなかった猫がこの世を去った。私が苦しいときに一番の心の支えとなっていた〝娘〟が……。

その日の朝、少し呼吸がおかしかったので、病院へ連れていった。病院での診断では生死に別状はなく、ただ胸に膿水《のうすい》が溜まっているだけということだった。「夕方六時頃に迎えに来てください」と言われ、安心して一度家に戻った。早く〝娘〟の顔が見たいと思った私は、夕方、六時前に到着するように車で向かった。その途中、病院からの電話が入った。

「容体が急変しました。とにかく急いで来てください」

病院に到着すると、変わり果てた姿の〝娘〟が診察台に横たわっていた。さっきまで私にほおずりしていた〝娘〟。いつも私を心配そうな目で見ていた〝娘〟だったのに。

「心臓停止です」

その言葉を聞いたとたん、私は〝娘〟を抱きしめ、座り込んでしまった。「ねえ、ねえ、りりちゃん、おっきしよ。ねえ、ねえ」。いくら話しかけても、もう〝娘〟からの返事はなかった。まだ温かい身体に人工呼吸をすれば息を吹き返すと思い、何度も人工呼吸を続けたが、だめだった。あきらめた私は、そっと目と口をふさいだ。

次の日、〝娘〟の感触を――冷たくなってしまったけれども――忘れまいとして、最後の最後のお別れの瞬間まで抱きしめていた。

火葬が終わると、〝娘〟は骨だけになって私の前に現れた。

〝娘〟が亡くなる前から、親友の理恵に「死んでしまいたい」と電話で何度も言っていた。うつ病について考え、懸命に自分と向かい合う一方で、死への誘惑も募っていた。〝娘〟はよく私が過呼吸になると、治まるまで横でじっと見つめていた。今は別々に暮らしているが、毎日〝娘〟の顔を見に行っては自分の気持ちを伝えていた。それなのに、骨だけになって私の前に現れるなんて……。

「ママ、死んだらこうなるのよ。こんな姿に簡単になってしまうのよ。ママ！　生きて！」

〝娘〟は、私の心の膿を全て自分の身体に吸収して、身をもって私に「死」とはどんなものなのかを教えてくれたのだと思う。遺骨を持ち帰った私は、何度も〝娘〟に問いかけた。

「ごめんね、りりちゃん、ママの身代わりになってくれたんだよね。ごめんね」

毎日〝娘〟にそう問いかけた。〝娘〟のためにも生きなければと自分に言い聞かせても、弱い自分は〝娘〟に会えるのならと、スカーフを何枚も縛り、首を吊れる場所を探したりもした。場所が決まると娘の骨を口に含み、飲み込んだ。きつく何重にもスカーフを縛り、自分の首にぎゅっと巻きつけた。あとは椅子を蹴るだけで〝娘〟に会えるのだ。だが椅子を蹴ると、失敗し、思いっきり床に頭を打ち、正気に戻った。

それからも睡眠薬とお酒を大量に飲み、ただ眠ることで、全てのしがらみから解放されたかった。永遠なんて存在しないのだ。この世には得るものもあるが失うものが多すぎる。眠れない夜が続く。

明け方、理恵に「ごめん」と一言メールをした。全ての状況をわかっている理恵は泣きながら、すぐに電話をかけてきてくれた。

「紫央、ごめん、ごめんね。私、何もできないけど嫌だよ。脅すわけじゃないけど、紫央が死んだら間違いなく私、あと追うから。お願いだから。本当にごめんね」

理恵は私に何度もごめんと言う。理恵が泣いている声を聞いたのは初めてだった。「理恵、ごめんなんて言わないで。私、今日、理恵のためにだけ生きるから。約束するから。今日、理恵のために生きることならできるよ。理恵、心配かけてごめんね」

豊にも連絡を取った。気持ちは決まっていた。豊は部屋に入ってくると、トイレのドアを開けようとした。まさに私が首を吊ろうとしたトイレ。そのドアは重さを掛けたため、開け閉めがうまくできなくなっていた。

「紫央、このドアおかしいよ、なんか曲がってるし」

「豊。私、ここで首を吊ろうとしたの。でも失敗しちゃって……。もうこんな私と一緒にいても、豊を追い込んでいくだけだわ。私、独りになってみたいの。豊はこの数日間、どう思ってた？　これまでの九ヶ月間どう思ってた？　正直に言って！」

豊はうな垂れ、「正直、お前が手首を切ったり、落ち込んだり、そんな姿を見ているのはつらかったよ。でも俺は外に出て何とか自分の気持ちをコントロールしてきた。俺もお前の選択に同意するよ。その代わり、お前のことは心配だから、しばらく時間が経って、友達だって思えるようになれたとき、また遊びに来るから」

こうやってまた、一つの恋に終止符が打たれた。前進のあった恋ではあったが……。豊は一服すると、優しい顔を残して帰っていった。全ての膿を出しきって、これからは自分らしい本当の生き方を選択していくのだ。

昨今、うつ病はメディアや雑誌、新聞などでもよく取り上げられるようになり、その対処法も紹介されている。喜ばしいことではあるが、本当に正しい情報が世の中に伝わっているだろうか。実際にうつ病になった人でないと、この苦しみは本当にはわからないと思う。日本でもやっと社会が理解を示し始めたが、完全に受け入れられているわけではない。リストラされたサラリーマン、リストラする側のサラリーマン、ストレスによって心が崩れていく人々……。実際、毎日のように自殺者が増えている。うつ病予備軍は数え切れないほど存在し、苦しんでいるのだ。

日本人のうつ病に対する知識や認知度が変わらない限り、日本が抱えている様々な問題は悪化していくだろう。うつ病は「心の風邪」と言われるが、確かにそうなのだ。どんな逆境でも打ち返す力のある人でも風邪を引くのと同じように、誰でもかかる可能性があるのだ。「風邪は早いうちにお薬飲んで」なんて言うが、少しでも兆候が現れたら、早く治さなければ、「死」に至ってしまう可能性さえある病気なのだ。

ストレスの多い現代の日本で生きていかなければならないのなら、自分の心は自分で守らなければ、手遅れになってしまう。どんなに周りの助けが重要か、薬によってどれくらい病気が緩和されることか。それでも実際に克服しなければいけないのは、なんといっても自分自身の力。私の場合は、今振り返れば、うつ病の末期だったのだ。

本文にも少しずつ書いたが、私の身体に現れた全ての症状について、最後にもう一度まとめておこうと思う。実際に心の病気で苦しんでいる人、その予備軍、その家族や周りの人たちに、少しでも参考になれば嬉しい。

心の病気に伴う症状とアドバイス

以下は私が体験した各症状を説明し、自分の体験に基づいてアドバイスしているものです。心の病によって私の身体に現れた症状とは違う症状で苦しまれている方も多いはずです。もちろん、私は専門の医師ではありませんので、この対処法は誰にでも該当するものではありません。薬に抵抗がある方にはカウンセリングを受けられることをお勧めします。あくまでも参考程度にとどめ、専門医に相談してから実行するようにしてください。もっと詳しいアドバイスが欲しい方はインターネットで「うつ病」で検索すれば、いろいろなサイトにヒットするので、参照してみてくださいね。

○過呼吸（過換気症候群）

極度に悲しいことや苦しいこと、不安があると突然突発的に始まる。身体にはっきりとうつ病の兆候が現れたのが、この症状だった。初めての過呼吸は、ずっと抱えてきた不安が爆発したときに涙が止まらず、いつもと違う感覚を受けた。それは自分ではコントロールできないほどの号泣で、引き付けを起こし、それに伴い呼吸が乱れた。

一度身体が過呼吸を覚えてしまうと、楽しいときや何の不安もないとき——例えばテレビのお笑い番組を観ているときにも——過呼吸は起こる。私の場合、それはまるで胸の奥で砂時計がくるくると回っているような感じがする。両手を使ってそれを取り出そうとするが、できない。症状がひどいときは壁に自分の頭を叩きつけたりもする。とても苦しいものなのだ。過呼吸が一向にやまない場合は、ビニール袋を口につけ、呼吸が落ち着くまで一番楽な体勢でゆっくり大きく呼吸を整えるとよい。私はそれでも30分以上やまない場合は病院へ行っていた。

○引きこもり

全ての欲がなくなり、自由な時間があっても外に出ることができない。自分の部屋、あるいはベッドだけがこの世の唯一の世界だと思ってしまう。無理をして外出する必要はない。怠けていると思ってつい自分を責めてしまうが、決してそうではないと自覚した方がよい。薬を使い、焦らずに治療していくこと。そのうちに自分から外出したいという欲望が自然と生まれてくるはず。私は今、生活のリズムを安定させるために、朝日を見ることを心がけている。

○耳鳴り

エレベーターに乗った後の耳の抜けない状態が三日間以上も続き、

疲れやストレスを感じるならば、うつ病の兆候だと考えた方がよいと思う。心療内科で適切な治療を受けた方がよい。

○時間の拘束観念

待ち合わせをするとき、待つ側より待たせる側になる方が人を焦らせるので、待たせている人に対して申し訳ないと考える人が多いと思う。私もその一人であるが、その思いが極端で、時間に関してはいつも余裕を持っていないと震えや動悸、しまいにはパニックになるほど時間というものにこだわってしまう。

過呼吸が襲う度にまるで胸の奥で砂時計がくるくると回っているような感覚がすると書いたが、なぜそう感じるのかは、未だにわからない。とにかく、時間とは私にとって特別なものなのだ。

例えば約束の時間より一時間前に行くのを三十分前にすることは私にとってとても勇気と努力のいることなのだ。早め早めに行動することは決して悪いことではないが、あまりにも度が過ぎると、それもまた苦しみになってしまう。現在、私は時間に余裕を持たせることよりも、少しでも心の余裕を持つように心がけ、「大丈夫、大丈夫」と前日から自分に言い聞かせている。そして徐々に前もって行く時間の長さを短縮する努力をしている。

○パニック

電車、バスなどや混雑している場所で予期しない形で起きる。全ての景色や人が自分に襲いかかってくるような不安と恐怖を感じる。私は一度その恐怖を体験して以来、外出することを避けた。外出せざるを得ないときは、ウォークマンで雑踏の音を消した。出かける前は必ず抗うつ剤と抗不安薬を使い、パニック障害の発作をコントロールするようにした。決して焦らず、気長に治療すること。最初は信頼できる家族や友人とともに外出し、パニックを起こした場所へは完治するまで行かず、徐々に慣らしていくのがよいと思う。

○拒食症

食と心は一番近い関係にあるようだ。うつ病でなくても、あらゆるストレスを感じたときに、食欲不振になったり、お酒やタバコで気持ちを紛らわす人は多いだろう。私の場合は、二ヶ月間、栄養ドリンクしか受け付けなかった。それも点滴と同じようなもので、自ら望んで飲んでいたわけではない。どんなに好きな食事が目の前にあっても、一切興味が湧かないし、お腹も鳴らない。症状がひどくなると、食事をとっている人を見ただけでイライラしてくる。食に飢えた動物に見えてしまうのだ。

食事は無理にとろうとしない方がよいと思う。無理をすると食べることに対して嫌悪感を抱いてしまう。「食べたい」と身体が欲求するまで点滴を打ち、ガムでもチョコレートでもいいから、口にしてもいいという気になったら、少しずつ口に入れればよい。

また、食事に抵抗がなくなったときには、胃が小さくなっているので、少しずつ食べ、徐々に胃を大きくしていくこと。食事ができるようになると体重が増えるのではないかと抵抗感を感じるかもしれないが（私はそうだった）、心配することはない。実際には体重が増えることはほとんどなく、見た目が健康的になるだけだから。支えている周りの方も、患者が食べたからといって過剰な反応は避けて、本人に食べたい物を好きな量だけ食べさせてあげてほしい。

○失言症

過呼吸の後に現れることが多い。悲しいとき、涙を流して片づけられるなら、どんなに楽だろう。飽きるまで泣けばいいのだから。それを超えてあまりに悲しいと、涙が出る代わりに胸がつかえ、声を出そうとしても「あ、あ」という言葉しか出てこなくなる。悲しみの果て。自分が安心できる場所で、自然と声が出るまで気長に待つとよいと思う。

○幻覚

人間、一切の自信がなくなると、人の目が気になり出す。自分だけがじっと見られているような感覚を覚える。私がそうなったときには、玄関の前で誰かが待っているように感じ、怖くて震えた。布団をかぶり、カーテンを閉めて、自分を守っていた。一度自信をなくすと、取り戻すまでに時間がかかる。ここで家族や友人の言葉が大切になる。周りの人たちは、些細なことでも患者を誉めてあげてほしい。

○リストカット

落ち込んでいるときや不安を感じているとき、何もすることがないときに、ふと、リストカットに頼りたくなる。私は一度、家族に見つかり、目の届く所から全ての刃物が隠された。そうなるとダイヤモンドを探すようにして、はさみ、包丁を見つけ出し、手首をそっと切ってみる。痛くはない、安心するのだ。そのうちに手首だけでは物足りなくなり、動脈を探し、小さな尖ったはさみをできるだけ深く入れてみる。そしてぐっとはさみが入ると、ぐるぐるとはさみを回してみる。何とも言えない快感。心の傷が少し癒された気持ちになり、疲れてそのまま眠り、朝起きると、血だらけの自分に自己嫌悪を感じるが、傷が消えていくとまた繰り返してしまう。

　悪いことだとはわかっているのだが、心が軽くなるのだ。心は取り出せないので、自分の心の傷を目に見える形で見てみたいと思うのだ。リストカットを抑えるには、処方されている薬を飲んで少しでも長く眠り、考える時間を減らして心を楽にしてあげるのがよいと思う。また、周りの方はその行為だけを見て否定するのではなく、患者の心の内を聞き出してあげてほしい。心療内科へも普段より頻繁に通い、思いつくことを主治医に聞いてもらうとよい。

◯自殺願望

私は、毎日を死と背中合わせに過ごしてきた。こんな役立たずな人間は、この世に存在すべきではないと、本気で思っていた。自殺願望が強くなると、自分が二人現れる。愛してくれる人に一生暗い影を負わせてしまう自分と、もう一人の自分。とにかく自分を責めてしまう。「自分などいっそいなくなればいい。死んで地獄をさ迷い続ければいい」と。それは結局のところ、他ならぬうつ病がそう思わせているのだと心療内科の主治医が教えてくれた。決して自分の意志ではなく、病気がそう思わせているだけなのだ、と。

自殺者の多い昨今だが、自殺願望はただの死への興味や憧れとは全く別のものだ。普段感じる憂うつとは全然違う。リストカットもそうだが、まず家族や理解者に言葉に出して相談することが先決だと思う。気持ちを吐き出し、聞いてもらうこと。自分のストレスの原因が少しでもわかっているのであれば、できればその場から、自分を解放してあげることだ。それは、決して逃げることではない。勇気をもって、解放してあげること。どうか自分を責めないでほしい。

○うつ病全般について

日常のうつ（憂うつ）を感じるとき、愛する人、ペット、自分の心に潤いを与えてくれるものなどは、確かに気持ちを軽くし、癒してくれるくらいの力はあるだろう。事実、私もうつ病がひどくなる前は愛する〝娘〟（猫）によって癒されていた。しかし一度うつ病を抱えてしまうと、それらのものがどんなに癒してくれようが、満たされることは決してないのである。身体に何かしらの症状が現れないうちに、外に出られなくなる前に、とにかく治すことだ。上記の症状が現れたら、〈私がうつ病なわけがない〉などと思わないで、まず認めること。とにかく早く心療内科に行っていただきたい。そして、なんといっても一番の薬は、家族の支えだと思う。その家族が、全力でうつ病を理解し、言ってはいけない言葉や、うつ病患者への対応の仕方に気をつけるかどうかによって、人一人のその後の人生が変わってしまう可能性もあることを知るべきだ。

風邪を引き、四十度以上の熱を出して苦しんでいる人に「頑張って！」「気の持ちようなんだから！」「少し外に出てみたら?」「あなただけが苦しんでいるわけじゃないのよ」なんて言う人はいないだろう。ところが心は見えないので、うつ病を知らない人はつい患者に励ましの言葉を言ってしまうが、絶対にやめてほしい。うつ病の人は、その励ましの言葉にどうにか応えようとして焦り、ますますプレッシャーになってしまうからだ。

うつ病ははたから見れば、一見怠けているように見える。そして、弱い人間だとも思われる。もしうつ病と闘っている人が近くにいたら、とにかく誉めてあげてほしい。たとえ一週間で仕事を辞めたとしても、「この一週間、よく頑張ったね！」「すごい進歩じゃない。焦らずゆっくり行きましょう！」。このような励ましの言葉でどんなに救われることか。

最近思う。私の場合、数年間自分がうつ病だと認めることなく生きてきたので、それと同じ年月をかけて治していかなければいけないのだと。うつ病はなだらかな線のように治っていくもので、時間がかかる。とにかく焦ってはいけないのだ。私も、「私はうつ病だ」と自覚し、「それも私なのだ」と受け止め始めたばかりなのです。

叔母は、時々、私のアパートの前に来て様子を伺っているようだ。私は明るい部屋が苦手なので、いつも微かな電気をつけて過ごしている。外から見ると電気のついていない部屋は叔母を心配させるようだ。私は叔母の病気に負担をかけない形でいいので、私の病気に心から向き合ってくれるよう、そしていつでも本音で語り合える関係になれるよう、これからも努力していくつもりだ。

両親は、そっとしておいてくれている。父はそれでも心配で、たまに留守番電話にメッセージが残っているが、まだかけ直す勇気はない。自分の気持ちを打ち明けて以来、私の気持ちを理解しようと努力してくれているものの、未だにうまく話すことができない。父は私に対して申し訳ないと思ってくれているようだ。

家族への手紙

拝啓

私を支えてくれているパパ、ママ、チャーちゃん。ご心配・ご迷惑をかけています。本当は心から「ありがとう」と言って喜び合えればいいのですが、今はまだ色々な意味で壁を越えられずに苦しんでいるというのが現状です。私がこうしてペンを執り、心を裸にし、本当に愛しているパパ、ママ、チャーちゃん、そして私の支えとなっている人たちのことを世の中に伝えることは、身をそがれる思いでした。

でも私は、このような形で表現することしかできないのです。どうかわかって下さい。そしてこうすることが、私にとっての治療になるとも思うのです。

ごめんなさい。

敬具

あとがき

「私はうつ病で苦しんでいます」

「じゃあセラピーでも行ってきたら？」

と普通に会話ができる国に、日本が早くなることを心から願う。そして、心を裸にしたことは間違っていなかったと思えるように、これからの人生を自分らしくゆっくりと歩んでいきたい。


読者のみなさんへ。

この本を通して、うつ病で苦しんでいる人、うつ病で苦しんでいる人を支えているご家族のみなさんの助けになればと願う。

そして私はあなたに伝えたい。

あなたは決して一人ではない。

決して一人ではないのです。

私、「片瀬紫央」はうつ病です。現在も、必死に闘っています。


目に映るモノはときに美しく、優しく、そして、ときに残酷。

目に映らないモノの切なさ、苦しみ。

あなたの心は宇宙よりも遥かに広く、その心の一部はあなたにしかわからない心の叫びの塊。不安で押し潰されそうになっても、どうか信じて——無限の可能性を秘めていることを。

いつの日か誰にも負けない力となる。

信じる者はあなた。

支える者はあなたのすぐそばに。

心を取り出すことができなくても、かならず、あなたの本物の笑顔が苦しみを乗り越えた証となる。

私は恐れている。
また嫌な春がやって来る……。

著者プロフィール

片瀬 紫央（かたせ しお）

1973年生まれ。東京都出身。
短期大学卒業後、数々の接客業を経て、外資系客室乗務員となる。
退職後、執筆活動へ。

カバー写真撮影＝中村義昭

心、裸にしてみたら

2004年 4 月15日　初版第 1 刷発行

著　者　片瀬 紫央
発行者　瓜谷 綱延
発行所　株式会社 文芸社
　〒160-0022　東京都新宿区新宿1－10－1
　電話　03-5369-3060（編集）
　03-5369-2299（販売）

印刷所　株式会社エーヴィスシステムズ

ISBN4-8355-7315-3 C0093